寵姫のたくらみ

愁堂れな

幻冬舎ルチル文庫

C O N T E N T S ✦目次✦

寵姫のたくらみ

✦カバーデザイン＝chiaki-k（コガモデザイン）
✦ブックデザイン＝まるか工房

イラスト・角田　緑
✦

寵姫のたくらみ

1

『別に今生の別れになるわけでもあるまいし』

少し照れたように『彼』が笑ったと同時に一陣の風が吹き抜け、満開の桜の花びらがはらはらと彼の上に舞い落ちる。

ずいぶんと若い姿をしている。ああ、高校の卒業式の帰りに二人で駅まで帰ったときだ、と思い出すと同時にこれが夢だと気づく。

途端に風景が歪《ゆが》み、今まで目の前にいたはずの『彼』が桜吹雪《ふぶき》の中に紛れていく。

『今生の別れになるわけでも……』

笑う若々しいその顔も歪み、不意にあのときの――『彼』が絶命したときの顔が桜の花びらの中から浮かんでくる。

『愛してるぜ。高沢《たかざわ》』

告げた瞬間、額を撃ち抜かれた彼の身体《からだ》が再び遠のく。

『愛してるぜ』

撃たれて尚《なお》、微笑《ほほえ》みながら手を伸ばしてくる。払っても払ってもその手は伸びてきて、己の腕に絡みつこうとする。

『よせ！』

堪《たま》らず叫ぶと、『彼』の虚《うつ》ろな瞳から、額の弾痕から、薄桃色の桜の花びらが一気に吐き出され、視界全体が覆われる。

圧迫する勢いで己を取り巻く花弁から逃れようと、必死で両手を振り回す。

『愛してるぜ』

遠いところで『彼』の声が、まるで呪いのように辺り一面に響き渡って——。

「どうした」

肩を揺さぶられ、高沢裕之《ひろゆき》は悪夢から目覚めた。

「……あ……」

目を開いた途端、視界に飛び込んできた、端整という言葉では足りないほどに整った美しい顔に安堵《あんど》すると同時に、暫《しば》し見惚《みと》れる。

黒曜石のごとき美しき瞳。すっと通った鼻梁《びりょう》。薄紅色の唇が白い小さな顔の中にこの上ないバランスで収まっている。たおやかな雰囲気の女顔ではあるが眼光の鋭さが弱々しさを一掃している凛々《りり》しい顔である。

「うなされていたぞ」

形のいい唇から発せられたバリトンの美声に高沢は我に返った。

「夢でも見たか？」

目の前でその美しい黒い瞳が微笑みに細められたせいで、煌《きら》めきが瞳の奥へと吸い込まれていく。自身の意識までもが吸い込まれそうな錯覚に陥り、自然と首を横に振っていた高沢の額に汗で張り付いていた前髪を、男の白魚のような指が梳《す》き上げる。

にっこりと微笑みかけてくるこの美女と見紛《みまが》う男の名は櫻内玲二《さくらうちれいじ》。東日本一の規模を誇る広域暴力団『菱沼組《ひしぬま》』の五代目組長である。もと警察官だった高沢は、ある陰謀により警察を辞めざるを得なくなったあとに、オリンピック選手級の射撃の腕前を買われ、櫻内にボディガードとしてスカウトされた。しかしそもそも櫻内が高沢をスカウトした理由は『一目惚れ』であり、紆余曲折《うよきょくせつ》を経て現在高沢は櫻内の唯一無二の『愛人』となっており、組内では『姐《あね》さん』的存在と見なされつつある。

自己評価の低い高沢は、そうした風潮に違和感を覚えながらも、最近では櫻内のために、そして組のために、己の身を役立てようという意識のもとでの行動を心がけるようになっていた。

そんな高沢にとって衝撃的な出来事が最近起こった。かつての親友にして、高沢に対し異様な執着を見せていた西村《にしむら》が死んだのである。

その場に高沢もいた。『いた』どころか、高沢は彼を罠《わな》にかけようとして呼び出したのだった。西村は高沢と死ぬつもりで、腹に爆弾を巻いてやってきた。起爆スイッチを押す前に峰《みね》が引き金を引いていなければ、高沢は西村の狙いどおり彼と『心中』していたところだった。

実際、西村に対して自分が特別な感情を抱《いだ》いているという自覚を、高沢はそれまで持っていなかった。しかし西村の死を目《ま》の当たりにしてから彼は夢を見るようになった。

夢の内容は都度違った。しかし『悪夢』であることは共通していた。冥界から西村が呼びかけてくる。

『愛してるぜ』

最期の台詞《せりふ》を告げながら桜の花びらに塗《まみ》れていくさまは、実際の状況より随分と幻想的ではあるのだが、現実にはあり得ない、撃たれて尚笑いながら手を伸ばしてくる西村の姿が繰り返し繰り返し夢に出てくる。

刑事だった頃には人の死に直面することは何度もあった。身内の死も体験している。なので『死』そのものがショックだったわけではなく、それが西村であったことに衝撃を受けているのだが、それを認めるのも、そしてそう思われるのも避けたい、と高沢は櫻内に対し、首を横に振った。

「……わからない。覚えていない」

「……そうか」

櫻内の返しの前に一瞬の間があったことに、高沢は気づいた。嘘《うそ》を見抜かれたと察し、息を呑《の》む。

　櫻内が何より嘘や誤魔化しを厭《いと》うことを、高沢は身を以《もっ》て知っていた。いつもであれば『仕置き』がなされる。身体に染みついた経験からそう察知し、無意識のうちに高沢は身構えてしまったのだが、櫻内の反応は彼の予想を裏切るものだった。

「ゆっくり眠るといい」

　額に張り付いていた前髪をまた搔《か》き上げてくれたかと思うと、そっと唇を落としてくる。今、櫻内の顔には『花のよう』と表現するに相応《ふさわ》しい、華やかにして優しげな笑みが浮かんでいた。

「眠るまで、こうして抱いていてやろう」

　耳元で囁《ささや》かれるバリトンの美声。耳朶《じだ》を優しく嚙《か》まれ、自然と身体が、びく、と震える。

「眠るんだろう?」

　くす、と笑われ、羞恥から高沢の頰にカッと血が上る。あたかも自分が性行為を求めているかのような言いようには反論したくて開こうとした唇は櫻内の唇に塞《ふさ》がれていた。

「ん……」

　しっとりと高沢の唇を包み込むようにして触れられたキスがやがて、口内を舌で侵していく獰猛《どうもう》なものに変じる。

　合わせた唇の間から漏れる吐息が我ながら甘いことに、高沢の羞恥はますます煽《あお》られていく。眠りにつく直前まで櫻内により、これでもかというほど精を吐き出させられていたというのに、尚求めるのかと、己の身体の貪欲さに驚きと戸惑い、そして自覚こそしていないが微《かす》かな安堵を覚えていた高沢の腰を櫻内がぐっと抱き寄せる。

「……っ」

太腿《ふともも》に当たる櫻内の雄の熱さに、そしてその硬さに、身体の奥が疼《うず》き、たまらない気持ちが増していく。

自然と高沢の腕は櫻内の背に回っていたが、そのことに気づく余裕は既に彼から失われていた。

櫻内の愛撫《あいぶ》に身悶《みもだ》え、喘《あえ》ぐ。早くも兆しを見せる快楽の波に、無意識のうちに乗ろうと必死になっていく。

頭も心も空っぽになる状況へと己の身を追いやる。そのための行為だということは未《いま》だ高沢の自覚するものではなかったが、あたかもその願望をかなえてやろうといわんばかりに櫻内に激しく求められた結果、高沢はそのまま失神し、夜が明けるまで目覚めることなく熟睡することとなったのだった。

翌朝、高沢が目覚めたときには既に櫻内はベッドにいなかった。ぼんやりしたまま起き上がり、周囲を見回していると、浴室に通じるドアが開き、バスタオルを腰に巻いた櫻内が姿を現す。

「ようやく起きたか」

苦笑するように微笑みながらベッドに近づいてきて、呆然《ぼうぜん》とその様子を見つめていた高沢へと屈《かが》み込みキスをする。

ごく自然な流れで、つい高沢はそのまま身を任せてしまっていたが、若干の違和感は覚えていた。

「お前もシャワーを浴びてきたらどうだ？」

唇を離し、櫻内が高沢に微笑みかける。

「ああ」

頷《うなず》き、ベッドを下りて裸のまま浴室に向かおうとする。羽織るものがベッド周りになかったのと距離がそうないためだったのだが、横を通ったときに不意に櫻内の手が伸び、腰を抱き寄せられた。

「え？」

「気が変わった。朝食は少し遅らせよう」

そう言ったかと思うと櫻内が高沢の身体をベッドへと押し倒し、首筋に顔を埋《うず》めてくる。

「ちょ……っ」

「失礼しやす！」

動揺していた高沢の耳に、ノックの音と共に早乙女《さおとめ》の声が響き、ドアが開けられる。

「組長、お食事の準備が……あっ」

声をかけた途端、櫻内と高沢の状況に気づいたらしく、早乙女が慌てた声を上げる。

「朝食は三十分後に」

櫻内は高沢を組み敷いたまま顔を上げ、早乙女に淡々とそう告げると、すぐに唇を高沢の首筋に這《は》わせてきた。

「かしこまりやした！」

ばたばたと早乙女が部屋を出ていく足音が響く。早乙女には数え切れないほどこのような姿を見られているとはいえ、羞恥を覚えないわけではない、と高沢はつい櫻内を恨みがましく見やってしまった。

と、視線を感じたのか櫻内が再び首筋から顔を上げると、高沢に向かい微笑みかけてくる。

「しどけない姿を見せるのが悪い」

「しどけない？」

本気で意味がわからず問いかけた高沢は、櫻内の掌《てのひら》が裸の胸を這い、乳首を擦《こす》り上げてきたことで、びく、と身体を震わせた。

「こんなふうに。色っぽい反応を見せるとか」

くすくす笑いながら櫻内が高沢の、弄《いじ》られすぎて紅《あか》く色づいている乳首を指先で摘《つ》まみ上げる。

「や……っ」

高沢の背筋《よじ》を電流のような刺激が走り、唇からは自分でも驚くほど淫猥《いんわい》な声が漏れてしまう。自然と捩れる腰へと櫻内の掌が移動し、未だ熱を孕《はら》んでいるそこへと指を差し入れてくる。

「まだ柔らかいな。すぐに挿《い》れるぞ。何せ時間がない」

ふっと笑ったあとに、ぐっと指で奥を抉《えぐ》り、ぐるりと中をかき回す。

「……っ」

またも身悶えそうになるのを必死で堪《こら》えていた高沢の眉間に寄った縦皺《たてじわ》に櫻内は軽くキスしたかと思うと身体を起こし、高沢の両脚を抱え上げた。

いつの間にかバスタオルは櫻内の腰から落ちていて、彼の逞《たくま》しい、そして特徴的な雄が見事にそそり立つ様が、己の両脚の間から高沢の目に飛び込んでくる。

自然と高沢の喉が唾を嚥下《えんか》する音に鳴っていた。『生唾を飲み込む』という言葉の、目の前にあるものがほしくてたまらなくなるという意味そのものの自身の身体の反応に高沢が羞恥を覚える間もなく、黒光りするその雄の先端が後ろへと押し当てられる。

「あっ」

ずぶ、と先端が挿入されたと同時に高沢の唇から高い声が漏れる。それを聞いて櫻内は満足げに笑ったのだが、その顔を見る余裕は高沢にはなかった。

櫻内が高沢の両脚を抱え直したかと思うと、一気に奥まで貫いてくる。その勢いに高沢の背は仰《の》け反ったが、それを押さえ込むようにしながら櫻内が激しい突き上げを開始する。

「あ……っ……あぁ……っ……あっあっあっ」

櫻内の雄は逞しいだけでなく、常人にはない特徴的な形態をしている。竿《さお》にいわゆる『真珠』といわれるシリコンが埋め込まれているために、雄が抜き差しされるたび高沢の内壁はそのぼこぼことしたもので勢いよく擦り上げ擦り下ろされ、あっという間に彼を快楽の絶頂へと導いていく。

「もう……っ……あぁ……っ……もう……っ」

起き抜けでぼんやりとしていた彼の意識は今や、快楽の坩堝《るつぼ》に追い落とされていた。本人は意識していないものの、いやいやをするように激しく首を振り、『もう』限界だと繰り返す。肌には汗が滲《にじ》み、全身が火傷《やけど》しそうなほどの熱に覆われている錯覚に陥る。吐く息も、脳まで沸騰しているかのように熱く、その熱を発散させたい衝動が高沢の中に湧き起こる。

「もう……っ……もう……っ……あぁ……っ」

息苦しさすら覚えるほど、喘ぎ続けていた高沢の雄は二人の腹の間ですっかり勃《た》ちきり、透明な液を滴らせていた。誰に触れられることなく達しそうになっているその雄をちらと見やる櫻内の頬にはまた満足げな笑みが浮かんでいたが、高沢がそれに気づくことはない。

「もう……っ……あぁっ」

いよいよ限界を迎えようとしているのがわかったのか、櫻内は高沢の片脚を離すと、熱く震える高沢の雄を握り込み、一気に扱《しご》き上げてきた。

「アーッ」

直接的な刺激を受けた途端に高沢は達し、白濁した液をこれでもかというほど櫻内の手の中に注いでいた。

「……っ」

射精のせいで高沢の後ろが一気に締まった、その感触が櫻内をもいかせたらしく、低く息を漏らす。ずしりとした精液の重さを中に感じると同時にこの上ない充足感を覚え、高沢は自然と微笑んでいた。

「反則だぞ、その顔は」

苦笑めいた笑みを浮かべた櫻内が、意味がわからず首を傾《かし》げた高沢の額にかかる髪を掻き上げ、触れるようなキスを落としてくる。

その美しい笑顔こそ反則ではないのか。そう思いながら高沢は自然と目を閉じたのだが、それが唇へのキスを求めての行為だということに、本人はまるで気づいていなかった。

その日も櫻内は多忙であったために、宣言通りの三十分後に朝食は用意された。それまでの間に高沢はシャワーを浴び終えていたが、早乙女がいつも以上にしゃちほこばって給仕をしているのは直前の性行為を意識してのことかとわかるだけに、羞恥から高沢の動作もまたいつも以上にぎこちないものになっていた。

「射撃の練習のほうは順調か？」

そんな高沢の心理をわかった上で、敢《あ》えて櫻内が色々と話を振ってくる。

「順調です」

「口調」

答えた直後に櫻内に睨《にら》まれ、高沢は慌てて口調を改めた。

「順調だ」

「奥多摩で教える話はどうなった？」

櫻内は高沢が自分に対し、丁寧語を使うのを厭う。今、室内にいるのは峰が名付けた『チーム高沢』の面々のみであるので、口調については敢えて親密であることを示さずともよいのではと思いはしたものの、それを本人に指摘することなど高沢にできようはずもなく、丁寧語にならないよう気を配りながら答えを口にする。

「今のところまだ、具体的な指導日については決まっていない。ただ、ここでの受講希望者が増えて、ローテーションが追いつかなくなっているので、奥多摩で週に一、二回、射撃教室を開催したほうがいいのではと考えている」

「受講希望者は本当に射撃狙いか？　三田村《みたむら》」

と、ここで櫻内が、高沢の射撃訓練のスケジュール諸々《もろもろ》を受け持っている三田村に問いを発する。

「はっ」

三田村もまた『チーム高沢』の一員であり、以前は早乙女同様、身体を張るほうの櫻内のボディガードを務めていた。こうして直接櫻内から声をかけられることなど、これまで滅多になかったのだろう。緊張しまくった様子で答えるのを、高沢はいわゆる身内意識からはらはらしつつ見守っていた。

「真剣に射撃の腕を上げたいと思っている組員が勿論《もちろん》大多数ではありますが、中には『姐さん』を一目見たいというミーハーな動機を持っている者もいそうです」

「はは。やはりそうか」

高沢としては予想外の答えだったのだが、櫻内は楽しげに笑ったあと、視線を峰へと向け口を開いた。

「いっそ、奥多摩の射撃練習場でお披露目会でもやるか。勿論俺も参加する」

「かしこまりました。吉野《よしの》若頭補佐と日程を調整します」

峰が畏《かしこ》まって返事をするのに、櫻内が頷く。大事《おおごと》になっていないかと案じていた高沢が思わず櫻内を見やると、ちょうど自分を見つめていた彼と目が合った。

「お披露目の衣装は何にするか、事前に相談するように」

「衣装？　射撃の訓練じゃないのか？」

戸惑いから思わず言い返してしまった高沢を見て、櫻内が微笑む。

「そうだ。それでいい」

「え？」

「口調だ」

何がいいのかと戸惑った高沢に櫻内は笑顔で答えると、話題を変えた。

「今日は幹部会のあと二次団体間の抗争の手打ちで横浜に向かう。裕之、お前の予定は？　射撃訓練だけか？」

櫻内の『裕之』呼びに、ようやく高沢も慣れてきていた。が、近くに控える早乙女は未だに慣れないらしく、ぎょっとした様子となった直後に、しまった、とばかりに慌てて顔を伏せる。それを見ると改めて羞恥が増すのでやめてほしいものだと内心思いつつ、高沢は答え始めた。

「ああ。最近人数が増えてきたので、三田村と峰に受講者のデータベースを作ってもらった。指導前にそれを頭に入れ、指導後に更新するのに結構時間を取られている」

「データベースか。いよいよ本格的だな。峰の発案か？」

ほう、と櫻内が感心した声を上げ、峰を見る。

「いえ、姐さんです。射撃練習に参加する組員の実力を一括管理できていれば効率よく取り進めることができる、結果一回の受講者数を増やせるのでは、と相談を受けましたので、データベース化を提案しました。パソコン作業は三田村と自分が受け持っています」

「裕之はＩＴ関連、弱そうだからな」

説明を聞き、櫻内が高沢を揶揄《やゆ》してくる。

「面目ない」

実際、『強い』とは到底言えなかったので、素直に認め頭を下げる。

「真面目《まじめ》か」

途端に櫻内が噴き出したのに、また、高沢ではなく早乙女がびくっと身体を震わせた。

「裕之に冗談は通じないんだな」

再度の『裕之』呼びで、早乙女がますます落ち着きを失う。視界に入るだけに気になって仕方がないと思いつつ高沢は、

「冗談だったのか？」

と櫻内に問いかけた。

「可愛《かわい》いがすぎるぞ。今日は時間がないと言っただろう」

櫻内が楽しげに笑いながらナプキンをテーブルに置き席を立つ。

「仕度をする。コレの仕度を頼む」

「かしこまりました」

櫻内が指示を出したのは峰だった。

「早乙女、頼んだぞ」

「へ、へい」

峰はすぐに早乙女に振り、早乙女が慌てた様子で返事をしつつ高沢へと駆け寄ってくる。

「お、お見送りのご準備を」

櫻内の目があるからだろう。使い慣れない敬語を使う彼に高沢もまた「お願いします」と敬語を使い返し、席を立った。

そのまま二人して部屋を出て、高沢の私室へと向かう。廊下を進む間、早乙女は一言も喋《しゃべ》らなかったが、部屋に入った途端、

「慣れねえええ」

と悲鳴のような声を上げた。

「やっぱり慣れねえ。『裕之』ってなんなんだよ。しかもなんであんたは慣れてるんだよ」

「慣れもする。自分の名前だからな」

櫻内に呼ばれた回数を思うと、慣れるしかなかった、と首を横に振る高沢を見て、早乙女が不意にしみじみとした顔になる。

「……そうか。やっぱりあんた、『姐さん』なんだな」

「そう言われるほうに違和感がある」

峰も、そしてときに三田村や他の組員たちも自分を『姐さん』と呼ぶ。しかし自分は『姐さん』にはなり得ない。男性であること以上に、日本一の極道と名高い関西の組織『岡村組《おかむら》』の長、八木沼《やぎぬま》の『姐さん』や二次団体の姐さん軍団を目の当たりにした経験があるが故、自分には無理だと、高沢はそう判断を下していた。

「俺だってあらあな。ありまくりだよ。あんたが『姐さん』とか、あり得ねえ。でも皆あんたを『姐さん』と呼ぶしよ。何より組長が『裕之』だぜ。ああ、なんかもう、何がなんだかわからねえ」

「早乙女、口を動かす暇があったら『姐さん』の仕度をしろ。間もなくお見送りだぞ」

いつの間に部屋に入ってきていたのか、峰が二人の会話に口を挟んできた。

「わかってるってばよ」

早乙女が恨みがましい目を峰に向ける。

「だいたいなんだって俺がお前に命令されなきゃならねえんだ」

「仕方ないだろう。『チーム姐さん』のチームリーダーは俺だ」

ニッと笑った峰が、早乙女の肩を叩《たた》く。

「それに、奥多摩の射撃練習場から呼び戻してやった恩をもう忘れたのか？　あれもチームあってのことだぞ」

「忘れてねえよ。むかつくなあ」

早乙女は凶悪な目で峰を睨んだが、峰はまったく気にする素振りをみせず、

「ほら仕度」

と彼を促す。

「民族衣装のターンは終わったんだろう？　これからどうするんだ？」

「ああ、うるせえ。毎日悩んでるんだよ。少しはお前も案を出しやがれ」

早乙女が頭をかきむしりながらクロゼットの扉を開く。

「オーソドックスにスーツでいいか。最近、奇をてらう服ばっかりでスーツはなかったよな？」

「外出のときはスーツだ」

見送りの際、毎日服を変える必要があるのかと、常日頃から高沢は疑問に思っていた。見送りのあとには射撃の練習の予定があり、そのためにまたラフな服装に着替える必要が出てくるというのに、このところコスプレまがいの服を着させられることに疑問を覚えずにはいられない。

「もう、面倒くせえなあ」

どうするか、と悩んでいる様子の早乙女に高沢が、

「もう、なんでもいいんじゃないか」

と告げたのはそうした疑問の表れからだったのだが、それを聞いた早乙女の目がカッと見開かれた。

「なんでもいいわけねえだろが」

「え？」

「『姐さん』らしく見せるのが早乙女の仕事だからな」

横から峰が口を出す。

「そもそもあんた自身が『姐さん』らしいナリをしてりゃあ、こんなに苦労しねえんだよ」

「早乙女、言い過ぎだ」

言い捨てた早乙女を峰が睨み、注意を施す。

「いや、そのとおりだ」

言い過ぎではないと高沢が峰の言葉を否定すると、峰はやれやれというように肩を竦《すく》めた。

「俺は早乙女のためを思って注意をしてるんだぜ。今の発言が組長の耳に入ったらどうなると思う？」

「おい、密告《チク》る気か？」

顔色を変える早乙女に峰が、

「なわけないだろう」

と呆《あき》れた顔になる。

「お前がいないと毎朝のコーディネートができない。さあ、もうすぐ時間だ。服もあるが髪もいじるだろ？」

「わかってるよ。ああ、もう、今日は普通でいくぜ」

早乙女が自棄《やけ》になった声を上げ、クロゼットから紺のスーツを引っ張り出した。

「シャツはこれだ。ネクタイはするか？　まあ、しとくか」

渡されたスーツもシャツも、そしてネクタイも、決して『普通』ではない、イタリアの高級ブランドのものだった。

「急いで着ろよ」

早乙女に急《せ》かされ、それまで着ていたガウンを脱いでシャツを、そしてスーツを身につける。

そのあとドレッサーの前に座らされ、いつものように早乙女に髪型を整えてもらい、ネクタイも結んでもらう。

「よし。どうだ？」

早乙女が高沢から一歩下がり、全身を頭から足先まで見やったあとに、問いかけた相手は峰だった。

「うん。たまにはスーツもいいいな。ストイックな感じがする。髪型もかっちりしてて、これはこれでいい」

峰が満足そうに頷いたのを見て早乙女はあからさまなほどほっとしてみせた。

「よっしゃ。さあ、見送りの時間だぜ」

早乙女に促され、高沢は二人と共にエントランスへと向かった。

ぎりぎりの到着だったようで、高沢が定位置についた直後にエレベーターの扉が開き、櫻内が中から降り立つと玄関へと向かってくる。

「いってらっしゃいませ」

声をかけることが許されているのは高沢のみだった。高沢の挨拶を受け、見送りの組員たちがいっせいに頭を下げる。

「今日はスーツか」

櫻内がにっこりと微笑み、高沢に声をかける。

「はい」

「出かける予定はないんだろう？」

「今日の予定は射撃の訓練だけだ」

その場に集まった組員全員が二人の会話に耳をそばだてているのがわかるだけに高沢は、緊張を保ちつつ返事をする。

「たまには夕食を外でとるか。夜、迎えの車をまわす」

「え？」

予想外の櫻内の言葉に、高沢は一瞬、固まってしまった。

「なんだ、不服か？」

櫻内が笑いながら高沢をその場で抱き寄せる。

「……っ。いや」

「安心しろ。お前の好物にするから」

櫻内はそう言うと、高沢の頬に掠《かす》めるようなキスをしてから身体を離した。組員たちの視線を痛いほどに感じるだけに、羞恥で顔を上げられずにいた高沢の耳に、明るい櫻内の声が響く。

「それでは、いってくる」

「いってらっしゃいませ」

再度頭を下げた高沢が顔を上げたときには、既に櫻内は玄関を出ていた。今日の見送りも無事に終わったことに安堵の息を吐きそうになるのを堪えた高沢の脳裏に、ふと夢の記憶が蘇る。

『愛してるぜ』

夢を見なくなる方策があるのなら知りたい。切実にそう願いはしたが、相談すべき相手がいないこともまたわかるだけに高沢は軽く頭を振ることでその映像から逃れようとしたのだが、その様子を注意深く見ている目があることには気づかずにいたのだった。

2

その夜、櫻内が高沢を連れていったのは、都下にある一軒家風の鉄板焼きレストランだった。

「いらっしゃいませ」

運転手の神部《かんべ》が車寄せに停車するのを待ちかねていたように、支配人が出てきて深々と頭を下げる。

「お待ちしておりました。本日、貸切とさせていただいております」

「そうか。ありがとう」

恭《うやうや》しい物言いをする支配人に櫻内は鷹揚《おうよう》に返事をすると、高沢の腰を抱き、微笑みかけてきた。

「和洋折衷で面白い店構えだろう?」

「豪華だ」

瓦屋根に白壁という和風建築物の、内装はアールヌーボー調という、面白くも重厚かつ優美な店だと、高沢は感心し周囲を見回した。

「気に入ったか？」

額をつけるようにして問いかけてくる櫻内に対し、支配人の目を気にしたこともあって高沢は身体を引こうとした。が、支配人が気を利かせたのか、

「お席にご案内いたします」

と二人に背を向け歩き始めてくれたので、高沢は「気に入った」と返事をすると彼もまた歩き出そうとした。

「気に入ったのならよかった」

櫻内が楽しげに笑いながら強引に高沢の腰を抱き寄せる。

「連れてきた甲斐《かい》があった」

「ありがとう」

そういえば櫻内と外で食事をすることは滅多にないと、今更ながら高沢は気づいた。今日もボディガードは櫻内に四名、高沢には峰がついているが、出かけるとなるとそれだけ重装備をせざるを得ないのが原因と思われる。

このところ比較的櫻内の周辺は落ち着いていると、峰から聞いたことを高沢は思い出した。それまでは不穏な空気に覆われていたが、西村の死以降、そうした動きは不思議と収まっているという。

とはいえ用心に越したことはないと高沢は釘《くぎ》を刺されていたのだが、櫻内も久々に解放感

を味わっているのだろうか。だからこうも上機嫌なのかと、気づかぬうちに高沢は櫻内の表情を窺《うかが》ってしまっていた。

「なんだ？」

しかし櫻内がごく近いところから顔を覗《のぞ》き込んできたことでそれに気づかされ、はっと我に返る。

「いや……外での食事は久々だなと」

「ああ、そうだな。これからは頻繁に出かけるとするか」

相変わらず、櫻内は上機嫌に見えた。

「大変じゃないのか？」

櫻内の多忙ぶりは高沢も知っている上、外出のたびにボディガードを多数引き連れねばならないとなると、ハードルが上がるとしか思えない。それゆえ頷けずにいた高沢の額にまた、己の額を近づけ櫻内が微笑む。

「そろそろ、全国区でのお披露目を考えていた。予定を組むことにしよう」

「お披露目？　全国区？」

意味がわからず問い返した高沢だったが、櫻内の答えを聞いて絶句してしまった。

「お前のお披露目だ。『姐さん』としての」

「えっ」

「そうも驚くことか？　八木沼の兄貴のお墨付きをもらっておきながら」

「いや、でも、しかし」

「『でも』と『しかし』は一緒じゃないのか」

櫻内が噴き出したあたりで、店長が足を止めた。

「こちらでよろしいでしょうか」

案内してくれたのは広い個室だった。室内では鉄板のカウンターの向こうでシェフが緊張した面持ちとなっている。

「ああ、ありがとう」

櫻内が笑顔で頷くと、支配人もシェフもあからさまに安堵した様子となり二人の顔に笑みが浮かんだ。

それから高沢は櫻内のオーダーした料理に舌鼓を打つこととなった。オードブルは省略し、伊勢エビやアワビといった海産物を焼いたあとにフィレとサーロイン、両方選ぶ。櫻内が肉好きであることは知っていたとはいえ、ぶれないな、と思っていた高沢だが、ふと、自分も肉が好きかということに気づいた。

櫻内と違い、自分の舌は貧しいという自覚が高沢にはある。櫻内の愛人という位置づけとなったあとには彼と共に食事をする機会も増え、所謂《いわゆる》『一級品』といわれるものを口にする機会も増えたのだが、高沢はそうした品もコンビニの惣菜《そうざい》も同じく『美味』と感じる。

そんな自分の『好み』など、あてにはならないのではと心の中で肩を竦めていた高沢に、櫻内が話しかけてくる。

「今日も射撃訓練をしたんだよな？」

「ああ」

「何かあったか？」

「いや、いつもどおりだった」

「人数は？　増やしたのだったか」

「ああ。八名ずつに増やした。皆の上達ぶりには目を見張るものがある」

「お前が指導者に向いていたとは。本当に意外だったな」

櫻内が楽しげに笑い高沢の顔を覗き込む。カウンター席で隣に座っているため、極近いところから美しい黒い瞳に見つめられ、高沢はつい、ごくりと唾を飲み込んでしまった。いたたまれなくなったのである。

「向き不向きなど、その立場になってみないとわからないものだ」

櫻内が歌うような口調でそう言ったかと思うと、尚も高沢の顔を覗き込む。

「『姐さん』としてもよくやっている。その調子で頼むぞ」

「……っ。いや……」

まさか櫻内からそのようなことを言われるとは思っておらず、高沢は戸惑いから言葉を失ってしまった。

「なんだ、褒めているんだぞ」

文字どおり固まってしまっていた高沢の髪に櫻内の手が伸びる。さらりと髪を梳かれる、その指の感触があまりに優しげであることに高沢はますますいたたまれないような思いに陥り、尚も固まってしまう。

「甘い雰囲気にも慣れてくれ」

と、櫻内が苦笑し、またも高沢の髪を梳き上げる。

「さて、そろそろガーリックライスでも貰《もら》うか」

櫻内がニッと笑いかけてくるのに、ようやく高沢は「ああ」と頷くことができた。

「かしこまりました」

カウンターの内側、鉄板前でシェフが恭しげに頭を下げるとみじん切りにされているガーリックを鉄板の上で焼き始める。

自身にも説明のつかない感覚に、高沢は戸惑っていた。なんともいたたまれない。しかし居心地が悪いわけではない。

櫻内がこうして甘やかな雰囲気を醸し出すことは今までにもあった。人前でそうした雰囲気を出すのは面白がってのことだとわかるが、今、この場に組の人間は誰もいない。

なのになぜ、と高沢は櫻内の意図を読もうと顔を見つめる。

「なに、俺も少し、考え方を変えただけだ」

口に出して問うたわけではないのに、高沢の疑問を即座に読み取った櫻内が、答えを返してくれる。

しかしそれを聞いても高沢は、櫻内の意図を理解することができずにいたのだが、そんな彼に櫻内が笑顔のまま声をかけてくる。

「射撃の訓練に関してでも、それに『姐さん』の立場としてでも、勿論それ以外でも。困ったことがあれば言ってくるといい」

「……ありがとう……ございます」

どう返していいのか、咄嗟《とっさ》に判断がつかなかったがゆえに高沢の口調はつい、丁寧語になってしまった。

「他人行儀な」

櫻内に苦笑されたことでそれに気づき、慌てて口調を改める。

「ありがとう。そうさせてもらう」

しまった、と慌てて言い返したあとに、叱責されるだろうかと高沢は櫻内の表情を窺った。櫻内は高沢の視線を受け止めにっこり微笑むと、それでいいというように頷いてみせる。

やはり違和感がある。優しすぎる気がするのだ。それが『考えを変えた』ということなのか。しかしなぜ。そしてどう変えたというのか。

怒りを抑えるようになった？　いや。甘やかされるようになったのか。その理由は？

聞けばいいのだろうが、どう聞いたらいいのかわからない。果たして櫻内は自分を本当に『姐さん』にしたいのか。荷が勝ちすぎているとは思わないのだろうか。それとも『姐さん』のポジションに誰かを据える必要があるとか？

だとしてもそれに、よりにもよって自分を選ぶとは。無理があるとは思わないのだろうか。

高沢はまたも、まじまじと櫻内の顔を見つめてしまっていた。

「熱い視線の意味は？　もう帰りたくなったのか？」

櫻内に揶揄され、はっと我に返る。

「あ、いや……」

「デザートまでは待てるだろう？」

「勿論だ」

相変わらず揶揄を続けてくる櫻内は楽しげに見える。本当に上機嫌なのか、それともそう見せているだけなのか。見せているだけなのだとしたら誰に対して？　シェフと給仕に対して、というわけではなさそうだ。

戸惑いながらも高沢は櫻内との会話を続けていた。

櫻内が言うように、鉄板のある部屋を出、サロンのようなところでデザートをコーヒーとともに食したあと、高沢は櫻内と共に峰の待つ車に戻った。

「おかえりなさいませ」

峰が、そして運転手の神部が、丁重に頭を下げてくる。

「待たせたな」

櫻内は二人に声をかけると、神部が開いた後部ドアから先に乗り込んだ。続いて高沢も乗り込む。

「たまには外で食事をするのもいいな」

「ああ。美味《おい》しかった」

大満足だ、と頷いた高沢の頬には自然と笑みが浮かんでいた。

「それはよかった」

櫻内もまた微笑み、高沢の腰を抱き寄せる。

「俺も満足した。ところで」

と、ここで櫻内が高沢の顔を覗き込む。

「本当に何も困っていることはないのか？」

「え？」

先程も聞かれた。が、『困っている』ことを問われても、すぐに思いつかなかった。

困っていること――特にない、としかいいようがない。射撃の訓練も日常生活も、自身ではそのネーミングはどうかと思ってはいるが、それこそ『チーム姐さん』のメンバーがすべて滞りなくことが進むよう、取り計らってくれている。

なので現状、『困っていること』はないはずだ。『はずだ』という自分の思考に幾許かの違和感を覚えながらも高沢は、櫻内に答えを告げていた。

「ない……と思う」

「それならいい」

櫻内が微笑み、高沢の額に額をぶつけてくる。

「あればいうといい」

「わかった」

頷いた高沢の視界は櫻内の美しい瞳で占められている。近すぎて焦点が合わないその瞳の奥の光が意味深に瞬《またた》いていることになんともいえない感情を抱きながらも高沢は、じっとその光を見つめ続けた。


翌日、櫻内の見送りを終え、自室に戻った高沢に、峰が声をかけてきた。

「ちょっといいか？」

「ああ。なんだ？」

高沢は十時からの射撃訓練のために着替えに戻ったのだった。室内には今、早乙女がいて、訓練には何を着せようかと頭を悩ませている。

「お前に頼まれていた渡辺《わたなべ》の行方《ゆくえ》についてだ。心当たりの場所はすべてあたったが立ち寄った形跡はなかった。残念ながら」

「そうか……」

西村の策略で高沢を呼び出すためにチャイナマフィアに攫《さら》われた渡辺は、その西村の手により自由の身になっている――はずだった。しかしそれは西村が嘘を言ってないという前提があってのことなので、高沢は渡辺の行方を峰に頼んで捜してもらっていたのだった。

「まだチャイナマフィアの手中にあると思うか？」

高沢が問うと峰が端整な顔を顰《しか》める。

「もし囚《とら》われていれば、チャイナマフィアがなんらかのアクションを起こしてくるんじゃないかと思う。まあ、渡辺が生きていればだが……」

「そうだよな」

高沢の胸にしこりのような重さが宿る。危惧しているのはその点だ、と高沢もまた顔を顰めると、他に情報はないのかと峰に問うた。

「三室《みむろ》教官……いや、三室さんのほうにも何も情報はないと？」

渡辺の誘拐に三室は責任を感じ、八木沼に許可を得た上で探索を行ってくれている。見つかれば連絡があるだろうからおそらく進展はないのだろうがと思いつつ確認を取った高沢に対し、峰は難しい顔で首を横に振ると口を開いた。

「まったく足跡は辿《たど》れないということだった。しかし渡辺にそう身を隠す場所があるとは思えないんだよな」

「家族のもとに戻ったということはないか？」

問いながら高沢は、渡辺の家族についてはなんの情報も持っていないことを改めて認識していた。

「渡辺は料理人の息子か何かだったのか？」

峰なら既に調べているのではと、高沢が問うと、予想に反し峰は首を傾げた。

「それがどうにも行き詰まるんだ。『渡辺』が本名かどうかもわからない。早乙女も、渡辺の実家のことは何も聞いてないんだよな？」

ここで峰がクロゼット前にいた早乙女に話を振る。

「ああ。何も聞いちゃいねえ。ああ、でも『渡辺』が本名じゃねえとしても、驚きはしねえかな」

「そうなのか？」

初耳だ、と目を見開いた高沢に早乙女が頷いてみせる。

「おうよ。身分証明書を見せ合うこともねえしな」

「……確かにそうか」

「渡辺は早乙女の舎弟だったんだよな。どういう経緯があったんだ？」

峰の問いに早乙女が、「どうもこうも」と肩を竦める。

「新宿で拾ったんだよ。なんだったかな。チンピラ同士の喧嘩《けんか》がきっかけだったか……俺も酔ってたし、あまり覚えてねえんだよな」

頭を掻く早乙女に、高沢は問いを発した。

「偽名かもしれないと思ったのは？　何か兆候があったのか？」

「そうじゃねえけどよ。渡辺、ほとんど自分のことは話さねえしよ。料理が得意だってわかったときに、色々聞いたんだが、結局誤魔化された気がするし」

「そうだったのか」

組の中で最も渡辺が心を許しているのは早乙女であると思われる。その早乙女が何も知らないのなら他の組員には期待できないのでは、と高沢は溜め息を漏らした。

「死んでるんだろうか。誘拐されたときにもう殺されていた可能性もあると思うか？」

渡辺の身を案じる早乙女の瞳には、焦燥の色が濃く現れていた。

「わからない……しかし、殺しては人質にはなり得ないだろう」

高沢の言葉に峰もまた頷く。

「西村が嘘をついていたとは思えなかったしな。お前との心中が奴《やつ》の目的だった。そうした意味でも渡辺を殺すとは思えない。お前にとって渡辺がある種特別な存在だと認識していたから攫ったのだろうし」

「どういう意味だ？」

意味がわからず問いかけた高沢の言葉に被せるように早乙女が峰に問いかける。

「だとしたら今、渡辺はどこにいると思う？　奴が身を隠す理由はないよな？」

「身の危険を感じてるんだろう。チャイナマフィアには目をつけられているわけだし。なら菱沼組に救いを求めてくれればいいようなものだが、もう組を辞めていることを気にしてるんだろうな。性格的に……」

「渡辺らしいっちゃらしいが、畜生、心配だぜ」

自分の疑問がスルーされたことよりも、早乙女の気持ちと同調したせいで高沢もまた頷いたあとに、この不安を解消できるのは、と峰を見やった。視線に気づいた峰が高沢を見返す。

「頼む。なんとかお前の情報網で渡辺を捜し出してくれ」

「俺からも頼むよ。このとおり」

早乙女もまた高沢と共に峰に頭を下げた。と、峰が抑えた溜め息を漏らし、口を開く。

「勿論捜すさ。俺も心配だからな。しかし高沢、お前が頼む相手は俺じゃないだろうが」

「え？」

高沢はまたも、峰の言いたいことがわからず眉を顰《ひそ》めた。

「まずは組長に頼むのが筋じゃないのか？」

「しかし、渡辺はもう組を辞めている」

「頼れと言われたんじゃなかったか？」

峰に問い詰められ、高沢は言葉に詰まった。確かに渡辺が誘拐されたときに櫻内は協力的だった。しかし渡辺が人質ではなくなった今、行方を捜してほしいと櫻内に頼むのは、やはり躊躇《ためら》われる。

今現在、渡辺は人質にとられているわけではない。単に自分が心配だからという理由だけで組を動かすのはどうかと、どうしても躊躇《ちゅうちょ》してしまう。

「俺が渡辺の件で組長を頼ることをよしとしない組員は多い。違うか？」

だから頼れない。そう答えた高沢をちらと見やり、早乙女がぼそぼそと言葉を発する。

「否定はしねえ。幹部連中は未だにあんたのことを疎む傾向があるっていうしよ」

「時間の問題だと思うが。現に射撃訓練に通う組員たちの人数はうなぎ登りっていうほど増えているんだし」

峰の言葉は高沢にとって、自分をフォローするものとしか聞こえなかった。

「……しかし、やはり抵抗はあるんじゃないか？」

渡辺の捜索を櫻内に頼めば、何十人、否、何百人、下手をすれば千人以上の人間を動かし、結果即座に見つけ出すことができるかもしれない。しかし、とどうしても躊躇ってしまっていた高沢を前に、峰がやれやれ、というように肩を竦めた。

「お前を気に入らない連中は、お前が何をしようが気に入らないんだよ。そこはもう、割り切るしかない。それよりお前が気にしなければいけないのは組長じゃないのか？」

「組長？」

櫻内を気にせよというのはどういう意味か。今日の峰との会話は意思の疎通が図れていないと高沢はまた、眉を顰め峰を見る。

「組長の何を気にしろって？」

「お前のことだ。なぜお前が組長じゃなく俺に頼むのか。その理由をちゃんと組長に説明していないだろう？」

「していない」

高沢としては、なぜその説明が櫻内に対して必要なのかがわからなかった。疑問に思いつつ答えた高沢を見て、峰は溜め息を、横で早乙女が信じがたいという声を上げる。

「そこはしとけよ！」

「え？」

早乙女までも、と驚いた高沢の視線は彼に移りかけた。が、再び峰が喋り出したのでまた彼の注意は峰に戻る。

「組長はそりゃ聡《さと》いし、組の人間のことも掌握している。お前の考えていることくらいお見通しだろうが、だからといって何も言わなくていいというものじゃないだろ。コミュニケーションは大切だ。お前本人の口から聞かない限り、お前の本心はわからないんだから」

「そうそう。あんたはコミュニケーション不足なんだよ。射撃訓練のときは普通に喋ってんのに、普段はさっぱりじゃねえか。運転手やるようになった青木《あおき》が、ちょくちょく俺のところに聞きにくるぜ。『高沢さんは本当に俺でよかったんでしょうか』とか、ほんとにめんどくせえ」

「そうなのか？」

初耳だ、と高沢は驚いたせいで早乙女に確認を取ってしまった。

「嘘なわけねえだろが。なぜかあんたの気持ちは俺が一番わかってると思われてるようで、他にも聞いてくる奴がいるぜ。あんたの食の好みとか服の好みとかをよ」

「それはそれで問題だな。そのことを組長は知ってるのか？」

と、横から峰が心配そうに問いかける。

「言えねえよ。食事は料理担当の奴らからだ。服はまあ、興味本位だろうが、俺らでさんざん着飾らせてるからだろ。組長に言いつけたら気の毒だ」

「まあ、それはそうだな」

二人は納得し合っていたが、高沢としてはとても納得できるものではなかった。

「……俺の言葉が足りないと、そういうことなんだな」

「誰にでも愛想よくすればしたでまた問題になるだろうから、ソッチはいいんだよ。要は組長だ。組長にはちゃんと自分の考えを自分の言葉で伝えるようにしたほうがいい」

峰が真剣な顔でそう諭してくる。考えてみれば彼にそうしたアドバイスを受けたことは今までなかったような、と思い返すと同時に、なぜ今、それをしようとしているのかと、そのことが気になり高沢は彼に問いかけた。

「どうしてそれを今、伝える？」

「今が組にとって大事な時期だからだ」

「…………」

なぜ、今が大事なときなのか。自分にはまるでわからないことが情けない、と高沢は溜め息を漏らしそうになり、そんな自分に対し驚きを覚えた。

「組長からは何も言われてないのか？」

黙り込んだ高沢に、峰がそう問いかけてくる。

「いや……」

首を横に振りかけた高沢の脳裏に、昨夜、都下のレストランで食事をしながら櫻内が問いかけてきた言葉が蘇った。

『本当に何も困っていることはないのか？』

二度、聞かれた。二回とも自分が『特にない』と答えたのは、それが射撃訓練に関することに対して問われたものと認識していたからだった。

しかし櫻内は確かにこうも言っていた、と高沢はその会話を思い出す。

『射撃の訓練に関してでも、それに「姐さん」の立場としてでも、勿論それ以外でも。困ったことがあれば言ってくるといい』

それ以外のことでも――なぜそんなことを言われるのか、あのときは意味がわからなかった。しかし自分が渡辺の無事を案じているのが明白であるにもかかわらず、協力を求めてこないことを気にしていたのだとすれば、そのきっかけを作ってくれたということになるのではあるまいか。

櫻内が折角作ってくれた機会を自分は二度も潰している。それに関し櫻内は不機嫌になるでもなく、微笑み『ならばいい』と流していた。

やはり以前の彼とは違うような。一体何が変わったというのだろう。櫻内の意に沿わないことをしようものならそれ相応の『仕置き』を受けてきた高沢にとっては、今の状況がどういう意味を持つものか、どうにも理解できないのだった。

もし彼が峰に、そして早乙女にそれを問うたとしたら、すぐに答えを得ることができただろう。

『姐さん』として愛されている、この上なく甘やかされている。声や態度にああも表れている上に、そうして言葉でも伝えられているというのに、なぜそれがわからないのか。

しかしそれがわからないのが高沢であり、櫻内の変化に関しては疑問を抱きながらも彼は、峰の進言には従うことにしようと心に決めた。が、それを実行に移すより前に高沢は、思いもかけない来訪者により新たな試練を与えられることになる。

午後の射撃訓練の最中、八木沼が突然、櫻内邸を訪れる旨、連絡が入ったのである。

3

「おい！　大変だ‼」

訓練の場となっている地下の射撃練習場に早乙女が飛び込んできたのは、午後四時を回った頃だった。

「どうした？」

ちょうど指導していた組員が的に向かって構えていた銃を下ろさせると、高沢はプロテクターを外し早乙女に問いかけたのだが、答えを聞いた途端、驚きから彼にしては珍しく大きな声を上げてしまった。

「や、八木沼組長が十五分後に到着すると……っ」

「なんだって⁉」

滅多なことでは動じない高沢だが、さすがに日本一の極道の来訪の報告を受けては動揺せずにはいられなかった。

「組長は？　ご存じなのか？」

「そ、それが、あんたに会いに来るっていうんだよ」

早乙女もまた動揺しているのだろう。大勢の組員の前だというのに、『高沢さん』と言うことなくいつものように『あんた』と呼びかけていることからそれがわかる。

しかしその場にいた組員たちも全員が八木沼来訪の報に動揺していたため、早乙女の発言を気にとめる人間はいなかった。

「と、とにかく着替えろよ。準備のほうはコッチで整える。組長には峰が連絡した」

「わかった」

高沢の動揺も収まってはいなかったが、愚図愚図している暇はないとすぐに返事をすると、周囲を見渡し口を開いた。

「申し訳ない。今日の訓練はここまでということで」

「あ、当たり前です！」

「八木沼組長がいらっしゃるなら‼」

組員たちも皆して色めき立っている。

「八木沼組長が直々に高沢さんに……っ」

「さすがだ。さすがすぎる！」

興奮しまくる彼らを制したのは、やはり興奮している様子の三田村だった。

「お前ら、静かにしろ。後片付けだ。高沢さん、こっちはやっておきますんで！」

「お願いする」

頭を下げる高沢を早乙女が「早くしろって」と急かす。

「シャワー浴びてる暇はねえ。服だよな。あとは髪。服は八木沼組長から送ってもらった衣装から選ぶか。髪はどうすっかな。ああ、もう、どうしたらいいのかわからねえ」

本人以上に興奮している早乙女を前にし、逆に高沢のほうが落ち着きを取り戻しつつあった。

「本当に俺宛てにいらっしゃるのか？」

信用しないわけではないが、心当たりはまるでない。それで問いかけると早乙女は、

「そう聞いたぜ」

と既に青くなっていた顔で振り向きつつ首を傾げた。

「変だよな。なんか心当たりは？」

「ない。まったく」

「だよなあ。組長じゃなくてあんたになんてこと、普通はねえんだよ。いや、ねえよ。聞き違いか？　俺の？　え？　そうなのか？」

「落ち着け、早乙女。組長もすぐ戻るだろう。ともかく、八木沼組長を失礼なく迎えることに専念しよう」

「そ、そうだな」

青ざめたまま早乙女は頷くと、高沢に着せる服についてぶつぶつと呟《つぶや》き始めた。あと十五

分で到着するときに知らせてくる八木沼の意図はどこにあるのか。彼の情報網を思うと、櫻内がこの時間不在であることはわかっているはずである。

もしや櫻内にはできない話をしに来たと、そういうことだろうか。その内容は？　八木沼には非常に世話になっているという自覚はある。しかし櫻内を飛ばして自分に会いに来る、その用件にはまったく心当たりがない。

櫻内の耳に入れたくない情報を持ってきた？　もしや――。

どきり、と高沢の鼓動が高鳴ったのは、もしや八木沼は渡辺の情報を持ってきたのではと思いついたからだった。しかし直後に、八木沼が自分のためにそんなことをしてくれる理由がないというごく真っ当なことに気づき、またも首を傾げる。

会えば理由がわかるだろう。そのためにも滞りなく準備を、と高沢は八木沼の好みの酒などを伝えるべく峰を呼んでもらった。

「本当に何がなんだか。組長も驚いてたぜ」

櫻内に連絡を入れた峰が部屋に来ると高沢は彼に、八木沼の好みと思われる酒や料理を伝えた。

「日本酒かシャンパン、料理は肉。ああ、刺身も好きだと思う。あとはガーリックを使ったものかな。ガーリックシュリンプとか」

「わかった。料理人に伝えておく」

「頼む」

「組長の戻りはどんなに早くても三、四十分後になるそうだ。それまでの繋《つな》ぎ……大丈夫か？」

「大丈夫なわけがない」

「だよな」

峰もまた途方に暮れた顔になっている。

「同席を頼む。八木沼組長と面識がある組員は俺とお前くらいだから」

「畏《おそ》れ多すぎるが、場を持たせるためにも出るよ。お前一人じゃ荷が重すぎるだろうしな」

峰もまた珍しく緊張した面持ちとなっている。八木沼を迎えるのだから当然なのだが普段の彼を思うと違和感はある、と高沢はまじまじとその顔を見つめてしまった。と、峰が高沢に問うてくる。

「組長には連絡を取ったか？」

「峰がしてくれたんだろう？」

「ほら、そういうところだ。すぐに電話しろよ」

峰がそう言ったところに早乙女が衣装を持って飛び込んできた。

「まずは着替えだ！　間もなく到着だぜ」

「わ、わかった」

急かされ、早乙女が持ってきた服を手に取った高沢だったがすぐ、

「これか？」

と早乙女に問うてしまった。というのも、それが日常に着るのはどうかと思われる、光沢のある生地の、まるで舞台衣装のようなものであるためだった。

「写真送ったときに、八木沼組長が喜んでいたそうじゃねえか」

とっとと着ろ、と言われ、仕方なく袖を通す。濃い紫色にビーズとスパンコールを縫い付けた、八木沼曰《いわ》く『宝塚風』という派手なジャケットと白のサテンのシャツを身につけると早乙女は急いで高沢の髪のセットを始めた。

「額は出したほうがいいんだよな。宝塚風だもんな。前髪、立てとくか」

「急げ、早乙女」

「わかってるよ。ああ、もううるせえ」

峰と早乙女が二人して高沢を囲み騒ぎ出す。鏡に映る自分の姿は、高沢にとっては珍妙としか思えず、顔を顰めると早乙女に怒鳴られた。

「そんな顔してんじゃねえ！　てめえのことなんだからな。協力しろよ」

「協力って……」

と、そこに三田村が飛び込んできた。

「間もなく八木沼組長の車が到着します。お、お出迎えの準備を……っ」

「早いよ。まだ十分しか経《た》ってねえだろっ」

早乙女が叫ぶ横で峰が高沢に問いかける。

「行けるか？」

「ああ」

高沢も勿論緊張はしていた。だが取り乱す早乙女や青ざめる峰ほどではない。彼らのおかげで冷静さを保てている気がする、と立ち上がると、二人を見やった。

「ありがとう。出迎えに向かう」

感謝の気持ちを表すために微笑み、頭を下げる。

「お、おう」

「俺も行く」

途端に興奮しまくっていた二人は虚を衝《つ》かれた顔になったが——ドア近くにいた三田村もまた唖然《あぜん》としたように高沢の笑顔を見守っていたが——すぐに我に返った様子となると、早乙女が、

「頑張れよ」

と高沢の背をどつき、送ってくれた。

峰を従え、エントランスに向かう。と、三田村も走ってきて高沢の後ろについた。

「間もなく車寄せに到着します。邸内にいる組員は皆待機しています」

「ありがとう。そこまで気づいていなかった」

三田村を振り返り、礼を言う。と、三田村はかしこまった顔になり「いえ」と頭を下げた。彼も今、最高に緊張しているのがわかる。間もなく八木沼を迎えるのだからそれも仕方がない、と高沢は視線を前に戻すとエントランスに急いだ。

三田村の言葉どおり、邸内にいた組員たちが出迎えのためにエントランスに集まっていた。全員が緊張した様子をしていたが、高沢を見て少し安堵した顔になる。

「いらっしゃいました！」

インカムを装着していた三田村がそう言ったと同時に、二名の組員がドアへと走り、恭しげにそれを開く。既に靴を履いていた高沢は外へと出て、車から降り立った八木沼を迎えた。

「八木沼組長、お待ちしておりました」

「高沢君。いや、急にすまんな。近くまで来たさかい、寄らしてもろたわ」

極道の頂点に立つ八木沼は、『ダンディ』と呼ぶに相応しいナイスミドルだった。整った容貌は勿論のこと、服装にも身のこなしにも一分の隙もないところが櫻内と共通している。

鷹揚に笑いながら高沢に近づいてきた彼の眼差《まなざ》しは柔らかい。しかし国内の裏社会を牛耳るその双眸《そうぼう》の奥にはいかなる人間の足をも震わせるほどの迫力を孕んでいるのは相変わらずだ、と思いながら高沢は更に深く頭を下げた。

「組長は三、四十分ほどで戻るとのことです。申し訳ありません」

「謝る必要あらへん。勝手に来たんやから。それに今日はあんたに会いに来たんやで」

「……あの、本当に自分に、ですか」

どうにも信じられない。どういう用件があるのかと戸惑いながらも、立ち話をしているわけにはいかないと高沢は慌てて八木沼を中へと招いた。

「ともあれ、どうぞ中へ」

「邪魔するわ。おお、その服、ワシが贈ったやつやな。うん、よう似合うとる。櫻内組長とおそろいやったな」

「はい。組長も気に入っています」

世辞でも社交辞令でもなく、揃《そろ》いで贈られたこの服を櫻内は好んでいた。お前によく似合うと言われたが、自分よりもよほど櫻内のほうが紫色が似合っていた。白磁のごとき美しい肌には濃い紫が映え、八木沼に画像を送るために写真を撮ったのだが、その写真を見て高沢は櫻内の隣に立つ自分の凡庸な容姿を再認識させられたのだと思い起こしつつ八木沼を屋敷内へと招き、同行してきたボディガードたちについては峰に任せようと振り返った。

何も言わずとも峰は察したようで、わかった、と頷きその場を離れようとする。と、それを見越したらしい八木沼が高沢と峰に声をかけてきた。

「ボディガードについては気にせんでええで。車で待機させるわ」

「いや、そうおっしゃらず」

自分が櫻内のボディガードとして同行していたときにも、八木沼には屋敷内に招かれてい

た。同じ扱いを、と思った高沢に八木沼が肩を竦める。

「あんたとは違うさかい」

「え？」

口には出していなかったというのに、八木沼は高沢の先回りをしてそう言うと、

「それより、ちょっと二人で話せるか？」

と顔を覗き込んでくる。

「勿論です」

『二人で』という言葉に、高沢より前に反応したのは峰だった。

「あはは、心配せんでもええ。ワシは間男に来たんやないで」

そんな峰の背をどやしつけ、八木沼が高らかに笑う。

「そ、そのようなことは考えてはおりません」

峰が慌てて言い訳をするのを八木沼は「どうやろな」と揶揄しつつ、高沢の案内で応接室へと向かう。

廊下にずらりと並ぶ若い衆たちが、緊張の面持ちで八木沼と、そして自分の様子を窺っているのを痛いほどに感じながら高沢は、こうした移動などのちょっとしたときに、気の利いたことを何も言えない自分に焦りを抱いていた。

それにしても八木沼が二人でしたい話というのはなんだろう。真っ先に頭に浮かんだのは

渡辺のことだが、それなら峰の同席も許されていいのでは。考えたところで正解がわかるはずはないのだが、つい考えてしまう自分を持て余しつつ高沢は八木沼と共に応接室に入ると、まずは、と八木沼に問いかけた。

「何をお飲みになられますか？　シャンパンかビール、それに日本酒も用意しています」

「シャンパン、ええな」

「峰、頼む」

「かしこまりました。姐さん」

峰が高沢に対し、丁重に頭を下げて退出し、すぐにシャンパンが注《つ》がれたグラスを盆に載せ戻ってくる。彼の背後にはボトルの入ったクーラーを手にした早乙女が続いており、二人して無言のままグラスをサーブしクーラーを置くと、一礼して部屋を出ていった。

「すっかり姐さんらしゅうなったやないか。亭主の留守をしっかり守っとるのが伝わってくるで」

乾杯しよ、とグラスを取り上げ、八木沼が笑顔でそう告げる。

「いえ、まだまだです」

「ほら、乾杯やて」

謙遜ではなく項垂《うなだ》れた高沢の前に、八木沼のグラスが差し出される。

「失礼しました。乾杯……八木沼組長のご健勝に」

すぐに言葉が出なかったことを反省していた高沢のグラスに、八木沼がグラスを軽くぶつける。

「あんたとこうして二人で乾杯しとるところを櫻内組長に見られたら、さぞ嫉妬するやろうなあ」

「いや、それはないかと思います」

櫻内と八木沼の間には自分など入り込めない強い絆《きずな》が結ばれている。嫉妬を覚えるのは自分のほうだ、という気持ちが意識しないところで表れてしまったようで、やたらときっぱりとした口調になってしまったことに動揺を覚える。

「ほんまにあんたはおもろいなあ。いや、可愛い、やろか」

八木沼が破顔し、グラスを一気に呷《あお》る。

「ルイ・ロデレールのクリスタルか。ええな」

高沢がシャンパンをグラスに注ぐと、八木沼は満足げに微笑み、視線をボトルから高沢の顔へと移した。

「ときに高沢君、因縁の西村を仕留めたんやて？」

「……っ」

『二人きりの話』がまさか西村のこととは予想しておらず、高沢は一瞬息を呑んだが、すぐ、動揺する必要はないと気持ちを切り換え会話を始める。

「仕留めたのは峰です。自分は危うく殺されるところでした」

「聞いたで。ダイナマイトを身体に巻いとったそうやないか。向こうは心中する気やったんやろ？　これが組同士の抗争でも、チャイナマフィアの要請でもないいうところが、常人の理解を超えとるわな」

「……はい」

自分の理解も超えていた。頷いた高沢の顔を八木沼が覗き込んでくる。

「西村の目的が心中いうことは予想してなかったんやな？」

「まったく」

「どうして心中するつもりやったかは、さすがにわかっとるよな？」

八木沼の追及は止まらない。

「正直、理解はできていません」

『愛してるぜ、高沢』

西村の狂気じみた笑みが、声音が、高沢の脳裏に、耳に蘇る。

「なんぞ言われたんか？」

あたかもそれを共有しているかのようなタイミングで八木沼に問われ、高沢はぎょっとしたせいで思わず前のめりになり、まじまじと彼を見返してしまった。

「おっと、あまり近づくとそれこそ、怒られるわ」

照れたように八木沼が笑い、話題を戻す。

「死ぬ前に、西村は何を言うた？」

「……『愛してる』と」

「えらいストレートな告白やったんやな」

へえ、と八木沼が感心した声を上げたあと、意地悪そうな表情となる。

「さすがの高沢君も、心が動いた……てなことはないわな」

「はい。理解できませんでした」

未だに、あれは本心だったのかと考える。他に目的があったのではないか。高沢にしてみれば自分と死ぬためだけに西村がチャイナマフィアの協力のもと、渡辺をさらった上で自分を罠にかけようとしたというのには未だ納得ができずにいた。

「理解もなんも……言葉どおりやろ。普通に考えて」

八木沼が呆れたように言い返すのを聞いても尚、高沢は首を傾げるしかなかった。

「言葉どおり……ですか」

「せや。愛しとったんやろ。西村にとってのあんたは唯一無二の相手やったってことや。それこそ一緒に死にたい、思うくらいに」

「…………」

友人と呼べる相手は、今までの人生の中で、西村くらいしかいなかった。とはいえ『一緒に死にたい』と思ったことは当然ながら一度もない。

『愛している』——西村に対して告げたいと思ったことはないし、そんな感情を抱いたこともなかった。

友情は感じていた。だが警察を辞めることになったのは西村の策略にはまったからであったし、彼の手引きで囚われ、輪姦《りんかん》されたこともある。西村自身にも犯された。その動機が『愛』にあったといわれても到底理解も受容もできるものではない。

とはいえ憎んでいるかと言われると、途端にわからなくなってしまう。そう、西村への感情には『わからない』という言葉しか浮かんで来ないのだ、と、いつしか一人の思考の世界に引き込まれていた高沢は、八木沼の問いかけに、はっと我に返った。

「あんたにとっても西村は特別な存在やったんやないか？　そら勿論、恋愛感情はないとは思うけどな」

「はい。ありません」

そこは即答できたものの高沢は、ある意味『特別』ではあるかと、認めざるを得ないことにも気づかされていた。

付き合いが長いということも勿論ある。十代のときから知っている彼とは、共有する思い出が山のようにあった。西村以外にそんな人物はいない。向こうからのアプローチもあるが、それがなくとも高沢にとっての西村はやはり、他にはかえがたい存在であると認めないわけにはいかなかった。

考え込んでしまっていた高沢は、八木沼がいつの間にかボトルをクーラーから取り出し、シャンパンをグラスに注いでくれようとしていることに気づき、ぎょっとして思わず声を上げた。

「申し訳ありません。俺が……っ」

「はは、ええて」

八木沼は笑顔のまま高沢のグラスにシャンパンを注ぎ足しながら、あたかも天気の話でもするかのような何気ない口調で言葉を続ける。

「ワシにはええ。せやけどあんたの旦那の前ではあかんで」

「……っ」

『旦那』は言うまでもなく櫻内を指すことがわかるだけに、高沢は思わず息を呑んだ。しかしなんとか気を取り直すと、八木沼が自身のグラスにもシャンパンを注ごうとするのは必死で阻止し、ボトルを八木沼から受け取る。

「おおきに」

グラスにシャンパンを注ぐ高沢に八木沼は礼を言うと、じっと高沢の目を見つめつつ話を続けた。

「正直ワシは、あんたにとって西村がどないな存在やとしても気にならん。ああ、いや、少しは気になるかな。ちゃうちゃう。そうやなくて、大事なんは、あんたの旦那にどう思わせるか、やからな」

「どう……というのは？」

高沢にとって八木沼はいわば雲の上の存在であり、発言について問い返すなど、普段の彼であれば到底できないことだった。しかし、この話こそ、八木沼が人払いをしてまで自分に明かしたかったことに違いないという確信が芽生えたため、高沢は勇気を奮い起こし、八木沼に問いを発したのだった。

「あんたにとって、西村の存在は特別なものやないと思わせることや。なに、本心やのうてもええんや。そこはどうでもええ。要はあんたの口から『特別やない』と伝えることが大事、いうことや」

「……あの……」

答えをもらいはしたが、正直なところ理解できたとは言いがたい。櫻内を誤魔化せと、そういうことだろうか。しかし本心か本心ではないかなど、櫻内は即座に見抜くだろう。

指摘しかけたものの、さすがに躊躇われた上に、八木沼は自分以上に櫻内についての理解は深いだろうという当たり前のことに気づき、高沢は口を閉ざした。

「あはは、なんや？　言いたいことがあったら言うてええんやで」

八木沼は笑ったが、高沢の心理など説明せずともわかるようで、答えを待たずに話を続ける。

「要はコミュニケーションや。自分はこう思われたいというんを伝えればええ。あんたは口下手《くちべた》やいうて、普段は滅多にオノレの気持ちを言わないんやないか？　そのあんたが主張することに意味がある。ワシの言うてること、わかるか？」

「……はい。わかります」

頷きながら高沢は、まるでデジャビュだ、と心の中で呟いていた。

コミュニケーションを取れというのは、峰からも言われたばかりだった。八木沼の言うように、確かに自分は口下手である。そして櫻内は人の心情を読むことに長《た》けている。しかし実際に自分がどう思っているかは、言葉にしないと伝わらないというのが峰のアドバイスであり、自分がどう思われたいかを言葉にして伝えろというのが八木沼のアドバイスである。

八木沼のほうがハードルが高い。実際のところ、西村の存在が自分にとってどのような存在であるかは、自分自身にも説明がつかない。

『特別』か『特別ではない』かといわれると、あきらかに他者とは違うとは思う。しかしそれは十代の頃を共に過ごしたことを含めて共有する時間が並外れて多かっただけともいえる。

それ以外に特別な感情はあるかとなると――ここで高沢は、自分の心がわからなくなってしまう。

間違いなく、恋愛感情はない。それは断言できるが、何かしらの『情』はある――と思う。

なので『特別ではない』はあきらかな嘘ではあるのだが、それを嘘と感じさせずに櫻内にどう言葉で伝えればいいというのか。

自然と高沢の眉は顰められていたのだが、目の前の八木沼ににやりと笑われ、彼の視線から己の眉間に指先を当てた。

「このおっさん、好き勝手に言うてくれるわ……てか？」

「いや、そんな」

思ってもいない、と高沢は目を見開き、慌てて首を横に振った。

「冗談やて。ほんま、高沢君は可愛《かわ》えな」

あはは、と八木沼は高く笑うと、やにわにポケットに手を突っ込み、リボンシールのついた小さな袋を取り出した。

「そやし、魔法のアイテムを授けたるわ」

「魔法……ですか？」

高沢が受け取ると八木沼は、

「あけてみい」

と満面の笑みで促す。

「ありがとうございます」

礼を言い、小さな袋を開ける。と、中には真っ白のレースのハンカチと思しきものが入っていた。

ハンカチ？　なぜそれが『魔法のアイテム』なのかと疑問を覚えていた高沢に八木沼が相変わらず微笑みながら声をかけてくる。

「気に入ってもらえるとええんやけどな」

目で、袋から出すよう促され、手触りのいいそれを取り出したと同時に高沢は、それがハンカチなどではないことに気づき、思わず声を漏らした。

「これは……」

察したと同時に絶句した高沢に、八木沼が身を乗り出してくる。

「はは、ええやろ」

「あの……」

ハンカチだと思ったものはなんと、白いレースの下着だった。女性ものと思われるそれはTバック、かつサイドは紐《ひも》で結ぶ形となっている。

ハンカチであっても謎だったが、Tバックの下着が『魔法のアイテム』というのは理解できない。

冗談なのだろうか。それとも、と高沢が困っているのがわかったのだろう。何を聞くより前から八木沼が説明を始めてくれた。

「コミュニケーションは言葉だけやないやろ。一番有効なんは、ふふ、ベッドの中や」

「え……？」

やはりからかわれているのか。戸惑いの声を上げた高沢に向かい、更に身を乗り出すと八木沼は囁くような声でこう告げた。

「ベッドで甘えるんが一番効果的やと思うで。そのためのアイテムや。騙された思うて今夜にでも穿《は》いてみるとええ。結果を教えてくれたら嬉《うれ》しいわ」

「……はあ……」

冗談か否か。八木沼の意図が全く読めない。返事をしながらも高沢が首を傾げたとき、ドアがノックされた直後に開き、峰が遠慮深く声をかけてきた。

「失礼いたします。組長がお戻りになりました」

「おお、さすがやな。ちょうど内緒話が終わったところや。タイミング、計っとったんとちゃうか」

楽しげに笑う八木沼を見て、峰は一瞬、訝《いぶか》しげな顔になりかけたが、すぐ、

「間もなく参ります」

と告げると頭を下げ、ドアを閉めた。

「しまっときや。こういうんはサプライズが大事や」

「あ、はい」

八木沼の指示に頷き、Tバックを袋に入れスラックスのポケットに仕舞う。しかしこの恥

ずかしい下着を身につけられる気がしないのだがと考える高沢だったが、そんな思考などお見通しとばかりににやつく八木沼を前に、一体どういう表情を保てばいいのかと困り果ててしまっていた。

4

「兄貴、どうしたんです？」

間もなく部屋にやってきた櫻内は、さすがといおうか、今高沢が身につけているのとお揃いの、八木沼に贈られた紫のジャケットを着用していた。

「やっぱり映えるな。色白のあんたに紫は」

満足そうに笑った八木沼に、櫻内が微笑む。

「ありがとうございます。ウチのも似合うでしょう？」

『ウチの』と言いながら櫻内が高沢を見やる。

「似合《にお》うとる。オノレの見立てに自画自賛やわ。二人ともよう、似合うとるわ」

上機嫌な様子の八木沼に櫻内が笑顔を向ける。

「いっそ兄貴もおそろいというのはどうです？」

その笑顔は艶やかという表現がこの上なく相応しかった。圧倒される美貌とはこういうものかと絶句したのは高沢ばかりではなく、八木沼も、ほう、と声を漏らしたあと、我に返ったらしく、照れた様子でまた高笑いをしてみせる。

「あっはっは。ええな。スリーショットで写真に残したいわ」

「是非に。ああ、そろそろグラスも空きますね。日本酒はいかがです?」

高沢の隣に腰を下ろした櫻内がそう告げたと同時にノックの音がし、峰が顔を覗かせた。

「日本酒、ええな」

「峰」

「かしこまりました」

峰が丁重に頭を下げドアを閉めた数秒後、ノックと共に開いたドアから峰に続き相変わらず緊張しまくりの早乙女が日本酒やら刺身やらを載せたワゴンを押して入ってくる。

「ああ、峰君、ちょうどよかった。あんたにも少々関係ある話やさかい、残ってくれるか?」

先程は峰も含めて人払いをしたため、今回も退室しようとした彼を八木沼が呼び止めた。

「かしこまりました」

峰が頭を下げ、ドアの前で待機するのを、

「遠慮せんと、一緒にやろうや」

と八木沼が呼び寄せる。峰は一瞬躊躇したが、櫻内が目で促すとすぐ、櫻内と高沢の座る側のソファの後ろに立った。と、中の様子が伝わったのか、誰も何も指示をしないうちからドアがノックされ、早乙女が峰の分の酒器を持って来るとすぐに退室していった。

「そこに座るといい」

「はい」

コの字型になっているソファの、自分たちに近い方を櫻内が目で示すのに、峰が畏まった様子で返事をし、腰を下ろす。

「兄貴」

「全部ワシの好物や。指示したんは高沢君やろ？　立派な姐さんぶりやないか」

なあ、と笑う八木沼に酒を注ぎながら櫻内が満足そうに笑う。

「コレも努力しているようです」

「聞いたで。普段は名前で呼ぶようになったんやろ？『コレ』やのうて、さあ」

八木沼がニヤニヤ笑いながら櫻内をけしかける。と、櫻内はすぐ、高沢を見たかと思うと、

「裕之」

と呼びかけてきたものだから、高沢は思わず息を呑んでしまった。

「なんだ、いつも呼んでいるのに」

櫻内に苦笑され、ますます声を失う。というのも目の前の八木沼が身を乗り出し、期待に満ちた眼差しを注いできているからで、これは絶対、櫻内への呼びかけも求められているとわかったためだった。

「で？　お前は？」

予想どおり、櫻内が笑顔で高沢を促してくる。

「……あなた」

「こら、ええな！」

八木沼の声の大きさに、高沢はぎょっとしたためその場で固まってしまった。

「いやあ、強烈や。こら参った」

わっはっは、と豪快に笑いながら八木沼が櫻内の手から受け取った酒入れを高沢へと向けてくる。それでようやく高沢は我に返ると、畏れ多いと思いながらもガラスのぐい飲みを差し出したのだが、八木沼はすっかり興奮した様子で喋り続けた。

「『あなた』はええ。姐さんいうより新妻やな。色っぽいわ。生でええもん、聞かせてもろうたわ」

「兄貴、そのくらいにしてやってください。新妻は恥ずかしがるものです」

またも固まってしまっていた高沢を、櫻内がフォローする。

「せやな。ああ、衣装のバリエーションが広がったわ。新妻やったら裸エプロンはどうや？」

「は……っ？」

裸エプロンは果たして『衣装』なのか。しかも自分がそれを身につけるなど、到底受け入れがたい。絶句する高沢をちらと見やった櫻内が、満面の笑みで八木沼に答える。

「コレのそんな姿を他人に見せると思いますか」

「あんた、前は露悪趣味いうくらいに、見せつけまくっとったやないか」

八木沼の指摘を受け、櫻内が珍しく言葉に詰まる。

「それも牽制《けんせい》やったんやろ？　それすら惜しむようになったいうんはなんや、おもろいわ」

揶揄する八木沼に対し櫻内は、ただ肩を竦めてみせただけだった。

「ああ、峰君、かんにん。高沢君の『あなた』が強烈すぎて、すっかり浮かれてもうたわ」

あんたに部屋に残ってもらったのにな、と、八木沼に日本酒の酒入れを差し出された峰は恐縮しながらも酒器を掲げた。

「実は、三室のことなんや」

「教官……失礼しました。三室さんが何か……？」

峰が眉を顰めたのと同じく、高沢もまた眉を顰め八木沼が口を開くのを待つ。

「本人からの報告はない。が、膵臓癌《すいぞうがん》で余命幾ばくもない」

「……っ」

「えっ」

衝撃的すぎる内容に、高沢は絶句し、峰は小さく声を漏らした。

「兄貴はどうして気づかれたんです？」

冷静な口調で櫻内が問いを発する。

「どう見ても体調が悪そうやったからな。彼がモルヒネを入手している医者を突き止めた」

「痛み止めですか。本人、死ぬつもりなんでしょうな」

櫻内は実に淡々としていた。一方高沢はただただ混乱しているという状態だった。

三室が膵臓癌で余命幾ばくもない。しかもそれを隠している。死ぬ気ということだと理解するしかない現実をどうにも受け入れられない。

「入院させることはできませんか。治療すれば命は延びるのでは」

峰は高沢よりは冷静なようだった。気を取り直したように八木沼に問いを発している。

「既に手遅れやろ。勿論、ワシらとしても望まれたら最善の措置は尽くすつもりや。しかし本人が受け入れるかどうか……」

「拒絶されてまで病院に入れる義理は兄貴にはありませんからね」

櫻内は相変わらず淡々としている。そのとおりではあるのだが、と、高沢はつい、櫻内を見てしまった。

「なんだ、不満そうだな」

途端に櫻内と目が合い、揶揄めいた口調でそう言われる。

「いや。不満はない。教官が心配なだけで」

それは高沢の本心だった。峰に目配せされ、三室を未だ『教官』と呼んでしまっていたことに気づき、慌てて言い直す。

「大変失礼しました。『三室さん』です」

「高沢君、あんた、わざとやないんやろうけど……ワシをずっこけさせる気か」

「え?」

八木沼の返しは高沢にとって予想外すぎて、戸惑いの声を上げてしまう。

「そやし、あんたが気にするべきは旦那やろうが。三室を特別扱いしとる自覚がないとは言わせへんで」

八木沼が大仰に顔を顰め高沢にそう告げる。己に向けられた彼の視線を追った高沢は、彼がちらと見やったのがスラックスのポケットだと悟った。中には先程プレゼントされたレースの下着が——Tバックが入っている。高沢の耳に八木沼の言葉が蘇った。

『コミュニケーションは言葉だけやないやろ。一番有効なんは、ふふ、ベッドの中や』

三室にしろ西村にしろ、『特別』な存在ではないということを櫻内にわかってもらう。会話が難しいというのなら、ベッドで甘えればいい。その下着を使って——そう言いたいのか、と高沢が見つめる先で、八木沼がにやりと笑って頷く。

「内緒ごとですか?」

櫻内が気づかぬはずがなく、笑顔で問いかけてくる。

「はは。ワシと高沢君の秘密や。ああ、睨まんといてや。間男扱い、せんといてほしいわ」

「兄貴を間男扱いなど、するはずがないでしょう」

櫻内が苦笑しつつ、高沢の太腿に手を乗せる。

「コレに白状させますよ」

「はは、お手柔らかにな」

八木沼は笑うだけで、暗に促しているのがわかる。やはり櫻内と八木沼との絆は自分とは別次元のところにあるのだなと、改めて実感していた高沢は、櫻内にぎゅっと腿を摑まれ、はっと我に返った。

「お前が嫉妬してどうする」

「……っ」

極近いところから顔を覗き込まれ、笑われる。吐息が唇にかかるほど近くにある櫻内の美貌に圧倒されると同時に、ジェラシーを見抜かれたことへの羞恥に、高沢の頬にカッと血が上った。

「はは、ワシはそろそろ失礼しようかの」

それを見て八木沼が席を立ちかけたのを、櫻内が笑顔で制する。

「兄貴、お気遣いなく。さあ、飲みましょう」

「ほんまにお言葉に甘えるで。はよ帰ってほしい思うんやったら隠さず言うてや」

「京都人のような真似《まね》はしませんよ」

「志津乃《しづの》は京女やで。喧嘩売っとるんか?」

「それは失礼しました」

「まあ、志津乃も一筋縄ではいかん女や。京女の典型やけどな」

「言いつけますよ」

「そらかんにん」

いつものように、高沢そっちのけで、二人の会話が続いていく。和気藹々《あいあい》といった空気の中、高沢は櫻内と八木沼の話に耳を傾けていたが、気づけば思考は余命幾許もないという三室へと向かっていた。

三室の痩せ方を思うと、身体を心配せずにいられなかった。しかしまさか、命が尽きようとしているとまでは想像していなかった。

説得したい。が、延命措置は三室自身が望んでいないという。それでも生きていてほしいというのは自分の我《わ》が儘《まま》になるのか。峰の意見も聞いてみたい。そう思い峰を見やるが、峰のほうには高沢に意識を向ける余裕などないらしく、櫻内と八木沼の会話に聞き入っている。

長い付き合いになるという金《ジン》は知っているのか。そして金子《かねこ》は？　未だ記憶が戻っていないというが、以前あれだけ執着を見せた三室がこの世から消えると知れば、何かしらの感情の動きを見せるのではないだろうか。

それにしても人の死というものは唐突に訪れるものだ。高沢の思考はいつしか、死そのものへと向かっていた。

二度と意思の疎通を図ることはできなくなる。存在がこの世から消える。今も別に、頻繁に連絡を取り合っているわけではない。しかしいつでも連絡できる状態ではあるだけに、物理的に会えなくなることにはダメージを受けずにはいられない。

二度と——高沢の脳裏に今、浮かんでいるのは、壮絶な死に様を見せつけられることとなった西村の死に顔だった。

『愛してるぜ』

さんざんな目に遭わされてきた。恨む理由はあれど、愛を感じるきっかけは皆無だった。高校時代の彼の顔。警察に入ってから酒を酌み交わしたときのこと。自分でも意外ではあったが、改めて思い起こそうとしたとき、高沢の頭に浮かぶのは西村の笑顔のみだった。

嫌な思い出は不思議と蘇ってこない。西村が亡くなっているからだろうか。意識していなくとも、亡くなった人間を貶《おとし》めるようなことはすまいというブレーキが働いているのかもしれないな、とぼんやりとそんなことを考えていた高沢は、不意に八木沼に話を振られ、はっと我に返った。

「ときに高沢君、射撃訓練のほうはどないや？」

「順調です。峰や三田村が仕切ってくれていますので」

「不埒《ふらち》な組員はさすがにおらんか？」

八木沼の問いに答えたのは峰で「さすがに」と首を横に振りつつ言葉を続ける。

「とはいえ、申し込んだ動機が姐さんを一目見たいという不純なものだった組員はかなりいますね。受講後は射撃の面白さに目覚め、どんどん上達していくというパターンが多いです」

「なんと。高沢君は名指導者いうわけやな」

八木沼が感心した声を上げるのに、礼を言うべきか謙遜したほうがいいのかと高沢が答えに迷っている間に櫻内が口を開く。

「意外な才能でしょう。今後、組内の射撃訓練はコレに一任しようかと考えています」

「えっ」

聞いていない、と高沢が声を上げる横で、峰もまた目を見開いている。

「なんと。ああ、確か前もちょっとの間、やっとったな。奥多摩の射撃練習場の責任者代行を。ん？　奥多摩に住まわせるいうわけやないよな？」

さすが八木沼、なんでも知っているのだなと感心すると同時に、射撃訓練を一任されるとなるとやはり奥多摩に行くことになるのかと予想し、高沢は櫻内を見やった。

「はは。そんな情けない顔をお前が見せるとは」

それを見て櫻内が楽しげに笑う。『情けない顔』を自分はしていたのだろうかと、自然と頬に手をやっていた高沢を前に、八木沼がにやにやしながら言葉を発する。

「ほんま、高沢君は変わったなあ。前はそないな顔、絶対せえへんかったのに」

八木沼にも指摘されるとは。ますます戸惑っていた高沢に八木沼は、意味深に笑いながら言葉を続けた。

「やはり高沢君にとってのコミュニケーションは言葉以外のところにあるようやな」

「……っ。はい」

またもリマインドということか。高沢の手が、自然と頬から己のスラックスのポケットへと向かう。それを見て八木沼は満足そうに笑うと、

「さあ」

と、酒入れを手にし、高沢に差し出してきた。

「あ、自分が」

八木沼の杯がいつの間にか空になっていることに気づき、慌てる高沢に対し、八木沼は、「ええからええから」と笑顔で高沢が伸ばした手を制すると、杯を手にとるよう促し、酒を注いでくれた。

お返し、と高沢が酒入れを受け取り、八木沼の杯を満たす。

「旦那の杯も空いとるで」

八木沼に指摘され、高沢は焦って隣の櫻内の手元を見やった。櫻内が無言で己の杯を差し出す。

「兄貴との『密談』について、あとで追及させてもらうぞ」

冗談めかした口調で言いながら、櫻内が高沢を見やる。

「そしたら『密談』やのうなってまうやないか」

あはは、と八木沼が笑い、話はそこで終《しま》いにはなったが、八木沼が帰ったあとには間違い

なく問い詰められるだろうということは高沢にもよくわかっていた。

どのようにして伝えるか。高沢の手が再び己のスラックスのポケットの上へと伸びる。

言葉では難しいというのなら態度で、行動で示す。八木沼の言う『魔法のアイテム』を用いることがいかなる効果を呼び起こすのか。渡されたときには『あり得ない』と思っていた選択をすることに、今高沢は己が傾きつつあることを感じていた。


八木沼はその後、二時間ほど櫻内と談笑して帰っていった。

「そしたらまたな」

エントランスまで見送った櫻内と高沢、それに峰に笑顔を向けたあと、最後、高沢にウインクをして寄越す。自分へのエールをしかと受け止めたときには、高沢の気持ちも固まっていた。

外出を途中で切り上げていた櫻内だったが、予定は明日に変更されたとのことで、今夜はこのまま家に留まることになった。

「行くぞ」

寝室へと誘《いざな》ってきた櫻内に高沢は、

「すぐ行く」

と返事をし、自室に戻ろうとした。

「どうした?」

櫻内が不審げに眉を顰める。

「ちょっと、その……すぐに行くので」

他のどんな出来事より、今から自分のしようとしていることを説明するのは高沢にとって困難だった。しかしこうも訝しげな態度を取れば納得してもらえないかもしれないと、櫻内を見やる。

「……まあいい」

櫻内がふいと視線を逸《そ》らし、先に立って歩き出す。今までの彼であれば、強引にことを明らかにしただろうにと、安堵しつつも違和感を覚えていた高沢だったが、こうしてはいられないと櫻内の後ろ姿に頭を下げたあと、自分の部屋へと向かった。あとに峰が続く。

「おい、いいのか?」

峰の心配ももっともではあったが、櫻内以上に彼には説明できない、と高沢は峰を見やった。

「すぐに向かうから大丈夫だ」

「八木沼組長の用件は? 渡辺のことか?」

部屋まで着いてこようとしている峰の意図はやはり、八木沼来訪の目的を聞き出すことにあったようだ、と高沢は察したものの、さすがに明かせない、と言葉を濁す。

「渡辺とは関係のないことだった」

「……そうか」

高沢に話す気がないことを峰は敏感に悟ったらしい。

「教官のことはまた相談しよう」

と言葉を残し、高沢から離れていった。察しのいい男で助かったと高沢は彼を見送ったあと、一人部屋に入ると浴室へと向かった。

洗面台の鏡の前で改めてスラックスのポケットから八木沼に貰った袋を出し、その中からレースの下着を取り出す。

これを穿く。自分が。顔を上げ、鏡に映る自身の顔を見やった高沢の口から溜め息が漏れる。陳腐としか思えない。とはいえ八木沼の厚意を、せっかくの彼の来訪を無駄にするわけにはいかないと考え直すと高沢は、まずは、と服を脱ぎ捨て手早くシャワーを浴びた。

身体を拭き、いよいよ、とレースの下着を手に取る。身につけるのに、鏡の前はさすがに照れたものの、どのような感じになるのかを見ずにすますことはできないと腹を括《くく》り、穿いてみる。

Tバック、しかもサイドは紐というような下着は身につけたことがなかった。加えて女物である。陰毛は何度か剃《そ》られたことがあり、そのせいか今やすっかり薄くなっていたために、さほど汚らしくは見えないとはいえ、前のレースの部分になんとか収めた雄が透けてみえる様はやはり陳腐で、羞恥と情けなさが交互に高沢の胸に浮かぶ。

しかしもう腹は括ったのだ。高沢は鏡の前から離れるとクロゼットへと向かい、さて何を着ればいいのかと、暫《しば》し迷った。

まだ寝るには時間が早い。とはいえこれから食事ということはないだろう。少し飲むことになるのか。そのあとベッドインとなるだろうから、パジャマでいいのか。シャワーを浴びたあとにまた服を着込んで部屋を訪ねるというほうが変か、と迷いながらも高沢は紺のパジャマを選びガウンを羽織ることにした。

パジャマを身につけることはあまりない。たいていが櫻内と食事をとったあとそのまま部屋に呼ばれ、ベッドインとなるからなのだが、一応、用意はされていた。シルクのパジャマの肌触りはよかったものの、下着の紐の結び目がくっきりと浮き出る気がしてつい、己の腰を見やってしまう。とはいえガウンで隠れるのだから問題ない、と自分に言い聞かせると高沢は、意を決し部屋を出て櫻内の部屋へと向かった。

ノックをし、櫻内の返事を待ってからドアを開く。

「…………」

高沢の姿を見て櫻内は少し意外そうに目を見開いた。彼は今、ソファで日本酒を飲んでおり、近くには峰が控えていた。

「着替えてきたのか」

来い、と招かれ、櫻内の隣に腰を下ろす。

「峰が三室に会いに行くのを許可した。お前も行きたいか？」

飲め、というように杯を渡され、酒を注がれる。

「教官に……」

峰は説得に向かうつもりだろうか。それなら自分も、と高沢は峰を見やったが、峰の表情はやめておけと告げていた。

八木沼から三室を特別扱いしていると指摘を受けたのは、彼なりに釘を刺したのだろうかと今更気づいたこともあり、高沢は櫻内に対し首を横に振った。

「行かないのか？」

「峰に任せる。俺が何を言おうが教官の……三室さんの気持ちが変わることはないだろうから」

「会いたくはないのか？」

櫻内の問いに高沢は違和感を覚え、思わず、「え？」と問い返してしまった。

「死ぬ前に一度会いたいといった気持ちは起こらないのか？」

櫻内が問いを繰り返してくれることなど——しかもわかりやすく噛み砕いて問うてくれる

ことなど、滅多にないといってよかった。ますます違和感を覚えたものの、ぼんやりとはしていられないと我に返り、慌てて答えを返す。

「俺は会いたいが、教……三室さんはどうだかわからないから」

「弱っている姿を教え子に見せたくない……か。いかにも三室が考えそうなことだな」

高沢の答えを聞き、櫻内が苦笑する。

「まあ好きにするといい」

櫻内はそう言うと、峰を見やった。

「それでは失礼いたします」

峰が櫻内と、そして高沢に対しても丁重に頭を下げ、退室していく。啞然としながら彼の後ろ姿を見送っていた高沢の耳に、櫻内の笑いを含んだ声が響いてきて、彼を我に返らせた。

「峰は空気を読みすぎる」

「え？」

『すぎる』と言ってはいたが、笑みを浮かべていることからして非難したいわけではないだろう。リアクションに困っていた高沢の横で櫻内が杯を手に取る。飲み干されてはいなかったが、酒が少なくなっていることに気づき、高沢は冷酒入れを取り上げた。気づいた櫻内が杯を差し出してくる。

「ときに兄貴の用件はなんだった？」

注いでいるときに、ごくさりげない口調で櫻内が問うてきたのに、やはりきたかと身構えたため、酒を零《こぼ》しそうになった。

「おっと」

「……っ。すみません」

冷酒入れを持つ手を櫻内が上から握り、支えてくれる。謝罪した高沢の目を覗き込むようにし、櫻内が微笑みかけてくる。

「俺の留守を狙ったのは、兄貴なりの気遣いだろう。となると用件は予想がつく。西村のことを聞きに来たんじゃないか?」

「……ああ。そのとおりだ」

さすが、としかいいようがない。ずばりと言い当てられたことに感心していた高沢を見て、櫻内が苦笑する。

「点取り問題だぞ。これは」

「そうなのか?」

「ああ。しかし兄貴も難儀だな。そこまで気を回してくれなくても大丈夫というのに」

「……?」

『大丈夫』というのはどういう意味なのか。とはいえ問いかけるのは躊躇われ、高沢は黙り込んだ。

「死んだ男のことなど気にしないという意味だ」

何も言わなかったが、櫻内は今回も高沢の心を読んでみせ、答えを教えてくれた。親切だ。それこそ『すぎる』ほどに。気遣ってくれている、その理由はなんなのかと、高沢は櫻内を見つめる。

「そうだ。西村のときにも峰はいい仕事をしたんだったな」

今度の櫻内の言葉は、高沢の疑問の答えではなかった。峰の名が出されたことで、高沢の胸がどきりと妙な具合に脈打つ。

「命拾いをしたな」

「ああ。峰がいなかったら死んでいた」

西村が丸腰で来るとは当然考えていなかった。が、自爆の準備をしてくるとはさすがに予想していなかった。

彼の目的が自分と心中することにあるなど、予測できるはずがない。未だに西村が何を考えてそのような行動に出たのか、理解できたとは言いがたいのだ、と、いつしか一人の思考の世界を漂っていた高沢は、櫻内の問いを受け、はっと我に返った。

「悲しかったか？」

「え？」

問われた言葉が意外すぎて、高沢は咄嗟に意味を解することができなかった。

「ショックだったか？」

それでなのかはわからないが、櫻内が問いを変えたのに、高沢はようやく、先程の質問の意味を理解することができたのだった。

「さすがに心中を考えているとは思っていなかったので、ショックというか……驚いた。悲しいという気持ちにはならなかった」

言いながら高沢は、なぜ櫻内が『悲しかったか？』と問うてきたのか、その理由を考えた。が、これという答えはすぐに思いつかなかった。

西村が自分にとって『特別な相手』だと、櫻内は認識している。そういうことだろうか。確かに付き合いは長いし、親友であった時期もある。親友が亡くなったら『悲しい』と思うだろう。しかし既に二人の間の友情は失《う》せており、今更『悲しい』という気持ちにはならない。

悲しくはない――と思う。死に顔を思い出しても、胸が痛むことはない。西村を思い起こすときに芽生える己の感情に一番近い言葉を当てはめるとすると、『理解できない』。これではないかと高沢は頷き、それを櫻内に伝えることにした。が、それより早く櫻内が苦笑めいた笑みを浮かべつつ言葉を発する。

「別に『悲しい』と言ってもいいんだぞ。言っただろう？　俺は気にしないと」

「嘘じゃない。目の前で死なれて驚いたし、西村の行動や心情が理解できなかった。悲しかったかと今、聞かれて驚いた。そんな気持ちになったことはなかったので」

「はは。ムキにならなくていい。よくわかった。気にしすぎということだったんだろう。兄貴のことは言えないな」

もういい、というように櫻内が微笑み、話を終わらせようとする。ここで終わらせていいのかという考えが高沢の頭に浮かぶ。が、会話の継続を試みるスキルを彼は持っていなかった。

「酒と料理はお前が仕切ったそうじゃないか。兄貴の好みをよく把握していたな。立派な姐さんぶりだったぞ」

「……よかった。ほっとした」

またも櫻内の気遣いを感じ、なんともいえない気持ちになる。どうして櫻内は自分に対する態度を変えたのか。今までのひりつくような緊張感が漲《みなぎ》る時間が心地よかったとはいわない。しかし、あたかも自分を心地よく過ごさせようとしている今の空気は、居心地が悪いとしかいいようがなかった。

「なあ」

なぜ。理由を知りたい。高沢は櫻内を真《ま》っ直《す》ぐに見据えた。櫻内もまた真っ直ぐ高沢を見返す。

「なんだ?」

「何か変だ」

「変？」

櫻内が美しい黒い瞳を見開き、笑いそうな顔で問うてくる。

「ああ。物凄《ものすご》く、気を遣われている気がする」

「おかしなことを言う。気を遣われたくないのか？」

半ば噴き出しながら聞かれ、高沢はきっぱりと頷いた。

「ああ」

「気を遣っているわけじゃなく、お前に寄り添おうとしているんだが」

「寄り添う？」

またも思いもかけない単語だ、と今度は高沢が目を見開いた。

「俺に？」

「他に誰に」

櫻内がまた噴き出す。いつにない陽気な様子は照れの裏返しであることなど、高沢に理解できるはずもなく、呆然としてしまっていた彼に、櫻内が笑顔のまま言葉を続ける。

「コミュニケーションを取ることにしようと、そう考えた。お互い、言葉が足りない。加えてお前はこと人間の心情に関しては常人より随分と疎い。だから歩み寄ろうと思ったのさ。どうだ？　俺の言いたいことはわかったか？」

優しい瞳。優しい口調。やはり違和感はある。が、一つとして誤魔化しは感じられない。

高沢は改めて櫻内を見やった。櫻内がまた、黒い瞳を細めて微笑む。

寄り添う。自分に。なぜ。そしてまたでてきた『コミュニケーション』。峰が、八木沼が口にした言葉を今、櫻内もまた告げている。

刑事だったときにもよく上司から注意された。お前はコミュニケーション不足だと。しかし仕事にさほど支障を感じなかったので上司の注意は聞き流していた。

ああ、そうだ。西村からも指摘された気がする。学生時代も警察にいた頃も、誤解されないように周囲とコミュニケーションを取れと。

そうも大切なのだろうか。コミュニケーション。櫻内との間では取れていなかったか。取れていたとは言いがたい。高沢には櫻内が何を考えているのか、わからないことが多かった。櫻内はどうだったのだろう。聡い彼であるので、すべてお見通しだと考えられる。

しかしそうではなかったとしたら――？

「……わかった……ような、わからないような……」

「まさにコミュニケーション不足ということか」

櫻内は笑っていた。が、その笑顔はどこか寂しげに見えた。やはり自分は櫻内の心情をまるで理解できていない。今、彼が何を望み、何を言いたいのかということがわからないということに高沢はなんともいえない気持ちとなった。

焦燥感に近い。これではいけないという焦り。そして自身に対する情けなさ。何より自分を驚かせたのは、知りたいという欲求が身体の奥底から込み上げてきたことだった。

しかし自分は口下手である。それに櫻内が言うよう、人の心の機微がわからない。どうすればいいのかと悩み、考えていた高沢の頭に八木沼の陽気な笑顔が浮かぶ。

『コミュニケーションは言葉だけやないやろ。一番有効なんは、ふふ、ベッドの中や』

ベッドの中。そのための魔法のアイテムを八木沼には授けられた。それを今、自分は身につけている。高沢の視線が自然と己の下肢へと向かう。

「どうした、黙り込んで」

問いかけてきた櫻内に対し、語るべき言葉はすぐに浮かんで来ない。それなら、と高沢は腹を括った。

言葉以外のコミュニケーションは本当に有効なのか。『魔法のアイテム』は助けてくれるのだろうか。

答えは自らの行動でしか得られない。高沢は未だ手に持っていた冷酒入れをローテーブルに置くと、改めて櫻内の瞳を覗き込んだ。櫻内が微笑んだまま、高沢の目の奥にある彼の心情を読み取ろうとするかのように、じっと見返してくる。

「………………」

ベッドに行きたい。それを言葉で伝えるのは、高沢にとって高すぎるハードルだった。しかしだからといって口を閉ざしたままでいるわけにはいかない、と、ごくりと唾を飲み込む。櫻内には高沢の緊張はわかりきっているはずだった。緊張の理由もまた、わかっていることだろう。しかしそれをただ待つというのは違う気がする、と高沢はなけなしの勇気を奮い起こし、櫻内に告げた。

「そろそろ、休まないか？」

「………」

高沢としては精一杯の言葉だった。自らベッドに誘うなど、とてもできる気がしなかったが、なんとか相手に伝えることができたと高沢が見つめる先では、櫻内が唖然とした顔になっている。

リアクションがないことで高沢の羞恥は煽られ、頬に血が上ってきた。赤い顔を見せるのはより恥ずかしいと俯《うつむ》いた高沢だったが、不意に伸びてきた櫻内の指が彼の顎を捕らえたと同時に上を向かされる。

「明日は雪でも降るんじゃないか？　雪どころか、槍が降りそうだな」

高沢としっかり視線を合わせ、櫻内が笑いかけてくる。明るい声音も、輝くばかりの笑顔も、櫻内が如何《いか》に上機嫌であるかを物語っていた。

手放しでの喜びようを受け止め兼ねていた高沢の手から櫻内は杯を奪い、未だ残っていた酒を一気に飲み干したかと思うと、やにわに立ち上がった。高沢も慌てて立ち上がる。

「お望みどおり。ベッドに行こう」

さあ、と差し伸べられた手を高沢が取ると、櫻内は満足そうに微笑み頷いてみせた。相変わらず眩《まぶ》しい笑顔に見惚れてしまっていた高沢は、なぜに櫻内の笑顔が自身の胸をそうも熱く滾《たぎ》らせるのか、その理由には未だ気づけずにいたのだった。

5

もつれ合うようにして櫻内《さくらうち》の寝室へと向かう。ベッドに押し倒すと櫻内は、まず高沢《たかざわ》からガウンを脱がせ、次にパジャマのボタンに手をかけた。

高沢の服を脱がすことを櫻内は好む。高沢自身、それを意識したことはなかったが、常に彼が櫻内に対して身を任せていたのは、意識下で気づいていたのかもしれなかった。

パジャマのボタンを外した櫻内の手がズボンにかかる。

「……っ」

高沢の身体《からだ》がここでびくっと震え、彼の手は今までしたことのない動きを見せた。櫻内の手を上から押さえてしまったのである。

「どうした」

高沢が珍しく拒絶めいた行動に出たことで、櫻内は手を止め、高沢の顔を見下ろしてきた。

「あ、いや……」

高沢自身、己の行動に戸惑いを覚えていたのだが、櫻内を止めようとした理由は考えずともわかった。パジャマの下に自分が余りに恥ずかしい下着を身につけていると、改めて意識したからだ。

踏ん切りはつけていたはずだった。が、実際櫻内に見せるとなるとやはり羞恥が込み上げてきて、それで手を摑《つか》んでしまったものと思われる。さすがに不興を買ったかと高沢は焦って手を離した。櫻内は何かを言いかけたが、結局何も言わずに再び高沢のズボンに手をかけ、引き下ろす。

「……これは」

櫻内の手が止まり、珍しくも彼が絶句する。その理由が何か、高沢にはわかりきっていたため、羞恥を覚えシーツに顔を伏せようと横を向いた。

「随分と色っぽいものを穿《は》いてるじゃないか」

そんな高沢と視線を合わせようとしながら、櫻内が笑いかけてくる。口調は意地悪ではなく、実に楽しげ、そして嬉《うれ》しげだった。

「こんな下着は持っていなかったはずだが？」

言いながら櫻内が、サイドの白い紐《ひも》の結び目を指先でなぞる。

「八木沼《やぎぬま》組長から今日、渡された」

高沢の答えを聞き、櫻内がより楽しげに笑う。

「あはは、兄貴の用件はコレか」

そうして紐を摘まむと、ゆっくりと引いて片側の結び目を解《ほど》く。

「お前がどんな顔をしてこれを穿いたのかと思うと……楽しさが増すな」

くすくす笑いながら櫻内が、しゅるり、ともう片方の紐を解く。雄の上に面積の狭い白いレースが乗っただけの状態となっているであろう己の下半身を高沢が見下ろせずにいると、櫻内はまたくすりと笑い、高沢に囁《ささや》いてきた。

「どうやって穿いたか、見せてくれ」

「え」

思いもかけない要請に、高沢は絶句した。そんな彼の顔を見て櫻内はいっそう楽しげに笑い、身体を起こすと高沢の腕を引いて起き上がらせる。

「紐を結んでみせてくれ。ペニスをどう収めたかも気になるぞ」

「……勘弁してくれ」

本気でやらせようとしているのかと高沢は櫻内を見やった。

「ほら」

どうやら本気だったらしく、高沢の手を摑み、下半身へと導く。咄嗟《とっさ》に拒絶をしかけた高沢だったが、そのとき彼の耳に八木沼の声が蘇《よみがえ》った。

『要はコミュニケーションや。自分はこう思われたいというんを伝えればええ』

口下手《くちべた》な自分のために八木沼はこのような淫らな下着を用意したと言っていた。口下手ゆえ言葉にできないというのであれば、ベッドで甘えればいいと。

しかしできたのは櫻内をベッドに誘うのがせいぜいで『甘える』方法がわからない。

そもそもの目的は、コミュニケーションだった。櫻内に誤解はされたくない。言葉で伝えられないのなら行動で示すというのが本来の目的であり、そのためのツールとして――『魔法のアイテム』という表現を八木沼はしていたが――渡されたのがこの下着だった。

となれば。

櫻内は自分がこの下着を身につけるところを『見たい』と言った。彼が自分に寄り添うつもりであるのなら、自分のほうも寄り添うべきではないか。

そう思ったときには高沢の身体は動いていた。解かれたばかりの下着の紐を手に取り、再び結ぶ。

「ほう」

櫻内が感心したような声を上げたが、その声音は珍しく少し上擦っていた。もう片方の紐も結んだあとに、布の中に収まりきっていない己の雄の位置を直す。

「こうして……穿いた」

覚悟は決めたが、羞恥からは逃れられず、それを紛らわせるために高沢は俯《うつむ》いたまま、己の行動を説明していた。

「立って見せてくれ」

櫻内が微笑《ほほえ》み、高沢に命じる。

「わかった」

言われたとおり高沢はベッドから下り、櫻内の前に立った。

「後ろを向いて」

命じられるがまま、後ろを向く。

「Tバックか。色っぽいな」

櫻内はそう言うとまた、「こっちを向いて」と命じる。言われたとおり高沢が振り返ったときには、櫻内はベッドに腰を下ろす姿勢となっており、高沢に向かって手を伸ばしてきた。

「膝の上に座ってくれ」

命じられたとおりに高沢は櫻内の脚に跨《また》がり、彼を見下ろした。

「なんでも言うことを聞いてくれるのか」

櫻内が苦笑するように笑いかけてくるのに、高沢はどう答えようかと迷い、咄嗟に声を発することができなかった。

「触ってくれ」

櫻内が高沢の手を摑み、己の既に勃《た》ちかけている雄へと導く。珍しいことだと高沢は目を見開いたものの、拒絶する理由はないと櫻内の雄を両手で握った。と、櫻内もまたレースの中に収めた高沢の雄を、布の間から取り出し、握る。

櫻内が高沢の雄を扱《しご》く、その動きに合わせ高沢もまた櫻内の雄を扱き上げ始めた。

何度と数え切れないほどに己の中に収めた太く逞《たくま》しい雄。竿《さお》に埋め込まれたシリコンの感触が、高沢を『いたたまれない』としか表現し得ない気持ちに追いやっていく。

その気持ちとはずばり欲情だった。早くほしいと己が浅ましくも願っていることに気づくと同時に、櫻内の手の中の高沢の雄がドクンと脈打ち、みるみるうちに硬くなっていく。

それもまた恥ずかしいと俯いてしまいながらも高沢は櫻内の雄を扱き続ける。が、既にそれは太く硬くそそり立っており、気づかぬうちに高沢はごくりと唾を飲み込んでいた。

「欲しいか?」

高沢の顔を覗き込むようにしながら、櫻内が問うてくる。彼の問いに素直に頷《うなず》くことへの抵抗はなぜか生まれなかった。欲しいに決まっていると頷いた高沢を見上げ、櫻内は少し驚いたように目を見開いたあと、それは優しげな声音で新たな指令を与えてくる。

「自分で挿《い》れてみるといい」

「……自分で……」

どのように、と高沢が考えるより前に櫻内の両手が高沢のウエストのあたりに伸び、身体を持ち上げられた。

「支えておいてやる」

さあ、と櫻内が目で、高沢が摑んだままになっている己の雄を示す。これを己の後ろに導く。欲しくてたまらなかったものが得られる喜びから、自然と高沢は微笑んでしまっていた。

と、なぜか櫻内が目を見張ったあとに、やれやれというように溜め息を漏らす。

「脅威的だな」

「え？」

聞き取れなかったため、聞き返そうとした高沢に対し、櫻内はなんでもないと首を横に振ると、さあ、と再び促してきた。

わかった、と頷いた高沢に、櫻内が新たな指令を下す。

「下着は穿いたままがいい。そのほうがエロティックだ」

「……エロティック……」

櫻内は相当、この下着を気に入ったようだ。さすが八木沼の見立てだと感心しそうになっていた高沢だが、今はそれどころではないと気持ちを切り換え、Tバックをずらすと既に熱を孕《はら》んでいた自分の後ろへと櫻内の雄を導き、先端を挿入させた。

「あぁ……っ」

櫻内が身体を支えてくれているおかげで、かなり後方に倒れ込んでいる状態であっても高沢は櫻内の雄をしっかりと銜《くわ》え込むことができていた。

すっかり収めきり、充実感から高沢が声を漏らしたとほぼ同時に、櫻内が背後に倒れ込む。

「好きに動くといい」

言いながら櫻内が高沢の腰を摑んでいた手に力を込め、ぐっと突き上げてくる。

「あっ」

奥深い所を抉《えぐ》られ、堪《たま》らず背を仰《の》け反らせた高沢は、続いて櫻内に軽く尻を叩《たた》かれ、彼の指令を理解した。

自分が感じるところを狙い、動くといい。互いに快楽の極みを目指せるようにと。そういうことだろうと高沢は櫻内の腹の上で自ら身体を上下させていった。

「ん……っ……んん……っ」

快感を得られるポイントに櫻内の雄が当たるよう、勢いよく身体を動かす。と、櫻内は高沢の身につけたレースの下着の間から既にはみ出していた勃起した雄を摑み、扱き始めた。

「……いく……っ……いってしまう……っ」

直接的な刺激は今の自分には強烈過ぎる、と、高沢は首を横に振ったのだが、櫻内は、

「かまわない」

と微笑み、尚《なお》も高沢を昂《たか》めようとする。

「一緒が……っ」

いくのは一緒がいいのだ、と堪らず叫んでしまいながら高沢は、尚一層激しく、自身の身体を上下させた。

「あいわかった」

櫻内がふざけた調子でそう言ったかと思うと高沢の雄を離し、再び腰を摑んでくる。

「あぁっ」

直後に櫻内は自ら腰を持ち上げ、激しく高沢を突き上げてきた。堪らず声を漏らした高沢に櫻内の指令が飛ぶ。

「お前も動け。感じるままに」

「あ……っ……あぁ……っ……あっあっあっ」

櫻内の動きに反発するように身体を上下させると、いつも以上に深いところに櫻内の雄がささる。それが高沢を快楽の極みへと追いやっていくのだが、櫻内もまた高沢が感じているような快感を覚えているらしく、高沢の中で彼の雄はますます熱と硬さを増し、より高沢を絶頂へと導いていった。

「あぁ……っ……もうっ……もうっ」

我慢できない、と高沢は、獣の咆吼《ほうこう》のような声を上げ、櫻内の身体の上で大きく身を仰け反らせると、白濁した液を櫻内の腹へと飛ばした。

「……っ」

射精を受け、高沢の後ろが激しく収縮する。その刺激に櫻内も達したらしく、満足そうに微笑むと、ぴしゃ、と愛情溢《あふ》れる優しさで高沢の尻を軽く叩いた。

「満足か？」

問いかけてくる櫻内に、未《いま》だ息を乱したまま高沢は覆い被さっていく。ちらと視界を過《よぎ》った高沢の下着は既に片方の紐が解け、なんとか身体にまとわりついているという状態となっていた。

果たしてこの『魔法のアイテム』を自分は役立てることができたのだろうか。櫻内との間に『コミュニケーション』は確立できたのかと見下ろす先では、口に出して問うたわけではないのに櫻内が笑顔で頷いていて、安堵《あんど》したのも束《つか》の間、達して尚、硬度を保った状態だった櫻内の雄により、高沢は休む間もなく二度目の絶頂へと導かれていったのだった。


当然ながら二度で行為が終わるはずがなく、三度、四度と達したあと、最後は失神してしまった高沢が目覚めたのは翌朝になってからだった。

夢を見ることもなく熟睡した、と目を開いた高沢は、自分が櫻内の腕に頭を預けたまま寝ていたことに気づく。

それにしても綺麗《きれい》な顔だ、と今更ながら高沢は極近いところにある櫻内の顔を見やった。白皙《はくせき》の美貌というのは彼のためにある言葉だとしみじみ思う。

長い睫《まつげ》。細い鼻梁《びりょう》。寝顔もまるでギリシャの彫像のように美しい。寝ているときまで完璧な美しさを誇るその顔は、いくら見つめていても飽きることがない。

昨夜の猛々《たけだけ》しい行為の最中も涼やかに微笑んでいた。常に、そしてどんな角度から見ても整っていないことがない。本当に美しい顔だと、自分でも気づかないうちに高沢は随分と長い間、櫻内の顔を見つめてしまっていた。

と、その長い睫が上がったかと思うと、悪戯《いたずら》っぽく微笑みながら櫻内が高沢にその端整な顔を近づけ口を開く。

「朝から熱い視線を浴びせてくれるじゃないか」

「起きていたのか？」

途端に高沢の頬は羞恥で朱に染まった。揶揄《やゆ》されたとおり自分がいかに櫻内の顔を『熱く』見つめていたかを自覚させられたからだが、それを見て櫻内は実に楽しげに笑うと高沢の腰を抱き寄せてきた。

「ねだり上手になったものだ。昨日の下着といい」

「あれは……っ」

高沢の頭に、昨夜の自分の痴態が蘇る。女物の下着を自ら身につけるなど、冷静になってみると恥ずかしいことこの上ない。

まさに羞恥により身の置き場がなくなっていた高沢だったが、続く櫻内の言葉を聞き、はっと我に返った。

「一体何をねだるつもりだったんだ？」

「実は……」

今こそ、峰《みね》の、そして八木沼のアドバイスに従うときだと、高沢は察したのだった。

「渡辺《わたなべ》のことだ。峰に行方《ゆくえ》を捜させたい。いいだろうか？」

「いいも悪いも、もう峰は動いているだろうに」

櫻内に苦笑され、高沢の緊張が高まる。不快そうには見えないが、事後報告であると指摘されたことへの謝罪をすべきだ、と咄嗟に頭を働かせる。

「申し訳なかった」

「謝る必要はない。峰はお前が好きに使うといい。ああ、そうだ。早乙女《さおとめ》にも手伝わせたらどうだ？　勿論《もちろん》、お前の世話がおろそかになっては困るが」

「え？　いいのか？」

早乙女がいかに渡辺のことを心配しているか、目《ま》の当たりにしていただけに高沢は思わず声を弾ませてしまった。が、またも櫻内に苦笑され、そんな彼のリアクションに違和感を覚える。

以前であれば許されなかったであろう言動に対して、なぜ櫻内は『苦笑』ですませるのだろう。不愉快になられることもなければ、叱責も、そして仕置きもないというのは不可解すぎる、と、気づかぬうちにまた高沢は櫻内を凝視してしまっていたらしい。

「なんだ、また熱い視線か？」

櫻内に指摘され、気づくことになったのだが、それでもやはり不思議に思い、高沢は問うてみることにした。

「怒らないのか？」

「怒ってほしいのか？」

すぐに揶揄で返され、ますます混乱する。

「はは、そんな顔をするな。言っただろう。甘やかすことにしたと」

櫻内の今の笑みは『苦笑』ではなく、実に楽しげなものだった。

「甘やかすというのは……どういう意味だ？」

「文字どおりだ。裏の意味などない」

今の笑みは『苦笑』だと見つめる先で、櫻内の目がキラリと光る。

「なんだ、甘やかされたくない、仕置きがほしいと、そういうことか？　マゾだな」

「な……っ」

冗談めかした口調ではあったが、不穏な眼差《まなざ》しに加えてすっと手が伸びてきたことに、高沢はぎょっとし身を竦《すく》ませた。

恐怖感を抱《いだ》いたわけではない。が、身体は苦痛を覚えているため、どうしても強張《こわば》ってしまう。

またも苦笑を浮かべ、手を引いた櫻内を前にし、高沢は焦って今度は彼のほうからその手を摑もうとした。しかし櫻内の手首を摑んでから、自分が何をするつもりだったのか、自身でもよく説明がつかず、絶句する。

「やはりマゾなのか？」

櫻内は一瞬目を見開いたが、すぐにその目を細め、揶揄してきた。

「違う……と思う」

決してマゾヒストではない。しかし自分の行動の理由はわからない、と首を傾《かし》げた高沢を見て、櫻内が珍しくもぷっと噴き出す。

「なんなんだ、一体」

笑い出した櫻内の顔は、輝いて見えた。美しさと、そして心からの楽しさ。それを感じられる笑顔を見る高沢の胸には自分でも驚くほど熱い思いが込み上げてきていた。

この思いは――もしや。

正解はすぐ目の前にある。その答えとは、と高沢が自分の感情を見極めようとしたそのとき、遠慮深くドアがノックされる音がし、彼の注意を攫《さら》った。

「組長、朝食の準備が整ったのですが……」

ドアを小さく開き、声をかけてきたのは早乙女だった。いつもであれば櫻内はとっくに起床し、シャワーを浴び終えている時間か、と、部屋の時計を見やり、高沢は察した。

「かまわない。準備にかかってくれ」

「へい」

櫻内の答えを聞き、早乙女がいつものとおり畏《かしこ》まった声を出したあとにドアを大きく開き、白いクロスのかかったテーブルを室内へと運び入れる。

「シャワー、一緒に浴びるか？」

冗談か、それとも本気で誘っているのか、判断はつかなかったが、ちょうど早乙女に話したいこともあったので高沢は、

「やめておく」

と断ったものの、やはりリアクションは気になり櫻内を見やった。

「そうか」

やはり戯れに誘っただけのようで、辞退した高沢に微笑みを残すとすぐさまガウンを羽織り、浴室へと向かう。

その後ろ姿を自然と目で追ってしまっていた高沢だが、すぐに我に返ると彼もまたガウンを着込み、いつものように淡々と朝食の準備を続けている早乙女へと近づいていった。

「早乙女、組長から許可が下りた。今日から峰と一緒に渡辺捜索にかかっていいと」

「えっ、マジか⁉」

高沢が声をかけた途端、早乙女は大きな声を上げたかと思うと、準備の手を止め、高沢に向かってそれこそマシンガンのような勢いで問いを発してきた。

「あんたが頼んでくれたのか？　そんなことして大丈夫だったか？　組長は機嫌を損ねなかったのか？　確かに今も上機嫌だったよな。マジか。いいのか？　俺も渡辺を捜しに行って」

「俺が頼んだんじゃない。組長が言い出したんだ。早乙女にも手伝わせるようにと」

「組長から？」

意外だったのか、確認を取ってきた早乙女に高沢は「そうだ」と頷き言葉を続ける。

「峰に渡辺を捜させるのを許可してほしいと頼んだら、組長から、早乙女にも手伝わせたらどうだと提案された。多分だが、お前が渡辺を誰より心配していることに気づいているからじゃないかと思う」

「もしそれが本当だとしたら、俺は今この瞬間に死んでも悔いはねえぜ」

感極まった顔になる早乙女だが、今死なれては困ると高沢は慌てて言葉を足した。

「死ぬ前に渡辺を捜してくれ」

「当たり前だろうがよ。ああ、それにあんたの仕度もちゃんとやるぜ。それが条件だろうからよ」

「どうしてわかった？」

確かに櫻内には『勿論、お前の世話がおろそかになっては困るが』と釘を刺されてはいた。しかし伝えるまでもないかと言わないでいたというのに、と驚いた高沢に対する早乙女の反応は、

「アホか」

という実に投げやりなものだった。

「こちとら何年組長にお仕えしてると思ってやがるんだよ。あんたも俺を見習って、組長が今何を考えてるのか、きっちり把握しねえとダメだろうが」

「……確かに……」

そのとおりだ、と素直に頷いた高沢を前に、早乙女は、やれやれという顔になった。

「なんか調子狂うぜ。あんたも随分変わったよな」

「そうか？」

あまり実感はない。変わったのはどちらかというと櫻内のほうという気がする、と高沢は首を傾げた。

「ああ、しまった。話してるうちに随分時間を食っちまった。組長がシャワーを浴び終えちまう」

また食事のあとに、と早乙女に邪魔にされ、高沢は朝食のテーブルについて櫻内を待ったのだった。

食事の後、高沢はいつものように早乙女と共に部屋に戻り、見送りの仕度にかかった。

高沢がシャワーを浴びている間、早乙女はいつものように『お見送り』の衣装に頭を捻《ひね》っていたが、今日、彼が選んだのは、舞台衣装風の衣装だった。

八木沼から贈られた、市井で着ている人間はまずいないのではと思われる、目の覚めるような青色のスーツに袖を通す。シャツは黒のサテンで立て襟となっており、胸元が大きく開いていた。

「しかし八木沼組長はどこでこういうのを買うんだか。サイズがぴったりだから作らせてるのかもな。なんつーか、変わった趣味だぜ」

言いながら早乙女が高沢の髪型を整える。衣装に合わせてオールバック風にしたと早乙女が説明しているところに、どこに行っていたのか峰がようやく姿を現した。

「組長に聞いた。渡辺の捜索に本腰を入れろと。それに教官……じゃない、三室《みむろ》さんにすぐに会いに行ってこいとも言われた。これは治療せよと教官を説得しろってことだと思うか？」

「おいおい、こいつに聞いてもわかるわけないだろ」

早乙女が呆《あき》れた声を上げるのに、峰が彼を睨《にら》む。

「俺たちだけのときはいいが、他の組員がいる前で『こいつ』はやめとけよ。実のところ、三田村《みたむら》も思うところがあるようだぞ」

「ああ、睨んでくるよな、よく」

顔を顰《しか》める早乙女を諭すような口調で峰が語り出す。

「気づいているなら改めてくれ。『チーム高沢』は心を一つにしておきたい。高沢が足を掬《すく》われることがないように」

「俺が？」

実際、高沢としては峰の指摘に驚いていたところだった。三田村が不快そうにしているなど気づいたことはなかったし、『足を掬われる』という意味もよくわかっていない。

「ああ。味方は増えたが、敵がいなくなったわけじゃない。組長はお前を『姐《あね》さん』として扱っているが、それに反発する組員は相変わらずいるんだよ」

高沢がまるで理解していないことを峰は察したようで、実に丁寧に説明をしてくれる。

「だからこそ、チームは団結していないといけない。三田村と青木《あおき》は高沢に対して思い入れが強いからな。彼らは高沢が『姐さん』となったあとから接触するようになったってこともある。そこを忘れちゃいけないんだ」

「わかってるけどよ。でもなんか調子狂うんだよ」

高沢は正直納得できたとはいえない状態だったのだが、一方、早乙女は彼の指摘に反発しつつも理解したらしかった。

「まあ気をつけるけどよ。しかし『姐さん』かよ。まあ、そうなんだろうけどよ」

ぶつぶつ言いながらも早乙女は高沢の髪を整え続ける。鏡越しに目が合った高沢に向かい、首を傾げてみせたものの、間もなく、

「これでいいですかね、姐さん」

と問いかけてきて、高沢の顔を顰めさせた。

「なんだか気持ちが悪い」

「お互い様だ。慣れようぜ」

早乙女はそう言うと、腕時計を見て慌てた声を上げる。

「おっと、あと五分でお見送りだ。行こうぜ。じゃねえ、行きましょう、姐さん」

「頼むからやめてくれ」

「普段から慣らしておかねえと出ちまうんだよ。我慢しやがれ」

早乙女に言い捨てられ、思うところはあったが遅れるわけにはいかないと、高沢は慌ててエントランスへと向かった。

高沢の姿を見て、既にエントランスに控えていた組員たちが一瞬ざわつく。

「？」

なんだ、と高沢は不思議に思い眉を顰《ひそ》めたが、峰がこそりと囁いてきたのを聞き、羞恥を覚え息を吞《の》んだ。

「襟元からキスマークが見える。組長は気にしないだろうが少し閉じたほうがいいかも」

わかった、と頷き、頬に血が上ってくるのを感じながら襟元を整える。直後にエレベーターの扉が開き、櫻内が中から降り立った。

「八木沼の兄貴から贈られたスーツか。兄貴の『プレゼント』が相当気に入っているようだな」

笑顔で声をかけてきた櫻内だったが、高沢が襟元を押さえたまま赤面していることに気づいたようで、

「ん？」

と顔を覗《のぞ》き込んできた。

「どうした？」

「あ、いや。なんでもない」

敬語を使いそうになり、慌てて言い直す。と櫻内が手を伸ばしてきたかと思うと、襟を摑んでいた高沢の手を摑み、そこから外させた。

「ああ、キスマークか。所有の証《あかし》だ。気にするな」

何を恥ずかしがっていたのか、即座に見抜いた上で笑い飛ばした櫻内が、周囲へと目線を送りつつ言葉を足す。

「俺としては見せびらかしたいくらいだが、まあ、目の毒になるかもしれないな。恥ずかしいなら隠しておけ」

その瞬間、エントランスに異様な緊張が走った。誰も声を発することはなかったものの、妙に空気がざわついているような、と高沢は反射的に周囲を見渡したのだが、組員たちは高沢と目を合わせることなく俯いていた。

「それでは行ってくる」

と、櫻内が高沢の顎をとらえ、視線を自身へと向けさせたあとにそう、声をかけてきた。

「いってらっしゃいませ」

咄嗟にそう返したが、櫻内の目の中にちろりと燃えている冷たい焔《ほむら》に気づき、高沢は目を逸《そ》らせなくなった。

が、次の瞬間には櫻内が微笑んだために見慣れた焔は黒い瞳の奥へと消えていき、同時に白魚のような指も高沢の顎から引いていった。

そのまま櫻内はボディガードらと共にエントランスを出ていったのだが、車が出るまでお見送りを、と足を進めながらも高沢は、櫻内の胸中を慮《おもんぱか》らずにはいられず、同時に自分がそんな、櫻内の感情の機微により敏感になろうとしている今の状態にも戸惑いを覚えていたのだった。

6

渡辺を保護したという連絡が峰から入ったのは、高沢が櫻内から許可を得たその翌日で、もしや峰は既に行方を突き止めていたのではと高沢は疑わずにはいられなかった。

「そんなはずがあるか。偶然だ、偶然」

峰は当然否定した。たとえそれが嘘《うそ》であっても渡辺が無事であったことだし、問題はないと高沢は深く追及することなく、峰の言葉を受け入れることにしたのだった。

「どこで見つけたんだ？」

しかし早乙女は追及する気満々らしく、苛立《いらだ》った様子で問いを発している。自分が捜索に加わるより前に発見されたために拗《す》ねているのかもしれないと高沢は察し、気の済むようにさせてやろうと、敢《あ》えて制止はしなかった。

「奥多摩の、前の射撃練習場近くの山中だよ。あそこには結構長いこといただろう？　それで土地勘があったようだ。とはいえ、随分と衰弱してたが」

「奥多摩かよ。畜生、確かに練習場には長いこといたからな。でもチャイナマフィアに襲撃された前の射撃練習場の近くだなんて、危ねえだろうがよ。馬鹿か、あいつは」

早乙女が吐き捨てるのを聞き、峰もまた眉間に縦皺《たてじわ》を刻み頷いてみせる。

「本人、生き延びようという意志が薄そうなのが気になっている。山の中で息を潜め、ほぼ飲まず食わずといった状態だったようで、発見時は栄養失調に陥っていた」

「病院、どこだ？　行ってくる」

早乙女が焦《じ》れた様子で問いかける。

「いつものところだ。俺もこれから行くつもりだ」

「一緒に行くぜ」

勢い込む早乙女に峰が頷いたあと、視線を高沢へと向け問うてくる。

「高沢は？　やはり行かないか？」

「ああ。やめておく。渡辺も俺の顔は見たくないだろうし」

「それは……」

早乙女は、ごにょごにょと何かを言いかけたものの、高沢が顔を見やると、

「なんでもねえ」

と視線を逸らした。

「組長に黙って行くのもなんだしな」

峰もまた何か言いたげな様子をしつつも、結局は何も言うことなく早乙女を伴い部屋を出ていった。

一人になると高沢は改めて渡辺の無事に安堵すると同時に、『生き延びようとする意志が薄そう』という峰の言葉に危機感を覚えた。

自分には心を閉ざしている渡辺だが、早乙女には懐いていたので、彼が顔を見せれば少しは安心するのではないか。大陸マフィアに攫われ命の危険を感じただろうし、精神的に相当追い詰められていたものと思われる。

身の危険がない状態にしてやりたいが、渡辺を攫った大陸マフィアが再度彼を狙わない保証はない。三室の手配により九州の料亭で新たな人生の一歩を踏み出す予定だったが、もうその道は閉ざされたといっていいだろう。

栄養失調だというが、体調が戻ったら身の振り方を考えてやらねば、と考えたものの、具体的な案は少しも浮かんでこなかった。

その後、高沢はいつものように組員たちの射撃訓練のため、専用の部屋へと向かった。

「今日、峰さんは同席されないんですか」

一人で練習場となっている部屋に入ると、訓練の準備をしていた三田村が意外そうな顔で問いかけてきた。

「ああ。別件があるそうだ」

渡辺に会いに行ったことは、他の組員たちの耳に入れないほうがいいだろうと高沢は判断し、用件をぼやかして答える。

それを聞き、既に室内に控えていた今日の訓練に参加する組員たちが、いっせいに安堵したような顔となっている。彼らにとっては峰の存在がプレッシャーなのだろうかと、それが気になり高沢は組員の一人に聞いてみることにした。

「峰がいると気になるか？」

「あ、いや。その。なんだか見張られているような気がして……」

「見張る？」

高沢は訓練の最中、峰の存在を気にしたことはなかった。気配を消してくれているのかと思っていたが、それは自分に対してのみで、組員たちには睨みをきかせていたのかと改めて気づかされる。

しかし何を見張っていたのかと高沢は三田村を振り返り問いかけた。

「それぞれの射撃の特性を見てくれていたのか？」

「あー、いや、そういうことじゃないと思いますが……」

三田村が言いづらそうにしつつも答える。それでは何を見張っていたのかと問いを重ねようとしたが、三田村のほうから話を切り上げられてしまった。

「今日の訓練ですが、沢村《さわむら》がマグナムを希望してます」

「今までマグナムは撃ったことがなかったよな？」

沢村というのは針のように細い、いかにも体力がなさそうな若者だった。反動に耐えられるだろうかと案じ、本人に問いかける。

「は、はい！　一度撃ってみたかったんですけど、ダメでしょうかっ」

沢村は緊張しまくっており、その顔は真っ赤になっていた。

「駄目じゃない。ただ撃ったときの衝撃が大きいから気をつけるように。特に肘。あと、両足を踏ん張ってないと後ろに吹っ飛ぶぞ」

射撃訓練中、高沢は組員たちに敬語を使うのをやめていた。組員側からそうしてほしいという要望があったからだが、確かに敬語をやめると組員たちからのリアクションも活発になり、皆の射撃の腕も格段に上達したため、ここでもコミュニケーションの大切さを高沢は実感することになった。

「それは怖《こえ》えな……」

沢村が青ざめたのを見て、他の組員たちがどっと笑う。

「筋トレをしてからのほうがいいかもしれないな」

高沢は笑うことはしなかったが、怪我が心配だったため、やんわりと思い留《とど》まるようアドバイスを与えることとした。

「お前は細《ほせ》えからな」

「高沢さんだって細いじゃないか」

揶揄された沢村が、むっとしたように言い返す。と、その瞬間、室内の空気が一瞬にして緊迫したものとなった。

「？」

なんだ、と異様な緊張感に気づいた高沢が周囲を見渡す。

「す、すみません」

一番青ざめていた沢村に視線を向けると、ますます青ざめながら後ずさっていこうとする。

「なぜ謝る？」

高沢が問いかけると沢村は答えることなく視線を泳がせ、結果三田村を見やった。救いを求める先は三田村なのか、と高沢もまた三田村を見やる。

「……今日は峰さんがいないから」

と、三田村は高沢を敢えて見ないようにしている様子で、沢村にそう声をかける。

「待ってくれ。峰がどうしたって？」

話がまったく見えない、と高沢は三田村に問う。と、三田村は少し困った顔になったあとに、ぼそぼそと言葉を発した。

「いえ、あまり高沢さんに馴《な》れ馴れしくすると、峰さんが組長に言いつけるのではと、皆、それを怖がっているんです」

「峰がそんなこと、するわけないだろう」

そもそも、沢村の態度は少しも馴れ馴れしいものではなかった。首を傾げるばかりだった高沢を見て、組員たちは皆、顔を見合わせていたが、やがて沢村がおずおずと声を発した。

「あの……今のはセーフってことですかね」

「よくわからないが、俺としたらコミュニケーションは大切にしたい」

それが皆の上達に繋《つな》がるのなら、と高沢が告げると、なぜか組員たちはまたも顔を見合わせ、口々に何か言い始めた。

「ど、どうする」

「ご本人がいいと仰《おっしゃ》ってるなら……」

「でも、組長が」

「ど、どうでしょう、三田村さん」

結論は三田村に託されたらしく、皆の視線が一気に彼へと向かう。

「いや、俺は……」

三田村は困り切った顔になり、高沢を見る。

「どうしましょう、姐さん」

「『姐さん』はやめてくれ」

いきなりの『姐さん』呼びに高沢はぎょっとし、周囲を見渡した。組員たちはどういうリアクションを見せるだろうとそれが気になったのだが、誰一人、訝《いぶか》しそうな顔をしていないことに逆に違和感を覚え、またも三田村を見やってしまった。

「姐さん」

三田村が、『やめてくれ』と告げたにもかかわらず、高沢にそう呼びかけてくる。

「そろそろ、始めましょう。時間が押しています」

「ああ、わかった」

再度『姐さん』はよせと注意しようとしたが、蒸し返すのは逆に目立つかとそのまま流すことにすると、高沢は組員たちを振り返った。

「それでは一人ずつ指導を行う。最初は有吉《ありよし》」

不公平がないよう、順番は五十音順と決まっていた。高沢が声をかけた組員が緊張の面持ちで一歩前に出る。

「構えてみろ」

「はい」

「前回指摘したところが直っている。いい感じだ。撃ってみるといい」

「ありがとうございます」

高沢の言葉に、有吉が嬉しげな顔になる。高沢がイヤープロテクターを嵌《は》めるのを確認したあと彼は引き金を引いたのだが、弾は見事に的の中心を撃ち抜いていた。

よし、と頷いた高沢の頬に笑みが浮かぶ。と、またも組員たちが一斉にざわついた気配を察し、高沢はイヤープロテクターを外して彼らを見やった。

「どうした」

「な、なんでもありません！」

「失礼しました」

口々に謝罪の言葉を口にする彼らを前に、高沢はわけがわからず立ち尽くしていたが、場を収めたのは三田村の硬い声だった。

「峰がいないからといって気を抜くなよ」

「わかってます」

「申し訳ありません」

組員たちが青ざめ、姿勢を正す。緊張が射撃に及ぼす影響は多大であるというのに、と高沢は眉を顰めたものの、状況がさっぱり読めないために三田村を注意することもできずにいた。

その後、組員たちへの射撃訓練はいつもどおり行われることになったが、高沢の心配したとおり、普段の実力を発揮できない組員が多いように思われた。

時間となり組員たちが射撃練習場を出ていったあと、三田村が高沢に対し、迷った素振りをしつつも声をかけてきた。

「あの、高沢さん、余計なことかと思うのですがあまり笑わないほうがいいと思うんです」

「え？」

何を言われたのか、咄嗟に理解できず、高沢はまじまじと三田村を見てしまった。高沢の視線の先で、三田村の頬にみるみるうちに血が上っていく。

「あ、いや、その。勿論、皆、弁《わきま》えてはいます。高沢さんにちょっかいかける馬鹿はさすがにいないと思いますが、高沢さんのほうでも少しばかり気をつけていただければと……」

「気をつけるというのは？」

三田村が何を言っているのか、未だ理解できずにいた高沢だが『弁える』という単語には引っかかりを覚え、問い返す。

「その……高沢さんの笑顔は……」

三田村が逡巡《しゅんじゅん》しまくっているのがわかる。『笑顔』と言われたものの、笑った自覚がなかった高沢は首を傾げていたのだが、逡巡の結果ようやく三田村が告げた言葉が意外すぎたせいで、彼にしては高い声を上げてしまったのだった。

「み、魅力的すぎるんですよ。皆にとって」

「何を言ってるんだ？」

魅力的などという単語は自分からは最も遠いところにあるとしか高沢には思えず、こんなときになぜ三田村が冗談を言うのかと、それを問いかけたのだったが、三田村は、

「これ以上は勘弁してください」

と言い捨てると、銃の保管庫へと駆け去ってしまった。

「………」

なんなんだ、と釈然としていなかった高沢だが、ポケットに入れていたスマートフォンが着信に震えたため取り出し画面を見る。かけてきたのが早乙女とわかったので高沢はすぐ電話に出た。

「どうした」

『渡辺と会った。なんかもう、死人みたいで、一体どうすりゃいいんだか……』

早乙女とは思えないほど、意気消沈した声を聞き、高沢は言葉を失った。が、黙っているわけにはいかないと必死で頭を働かせる。

「医者は何と言っている？」

『死人みたい』なのは、体調面なのかそれとも精神面なのか。精神面であっても勿論心配だが、身体面だと何か手を打ったほうがいいのではと思い、そこをまずはっきりさせておきたいと、高沢は思ったのだった。

『身体のほうは大丈夫だそうだ。脳波も正常っていうんだが、俺を見ても反応しねえんだよ。目もうつろだし、口はきかねえし、本当に大丈夫かどうかはわからねえ』

電話の向こうで早乙女は泣いているようだった。意識のある渡辺が自分の姿を見ても無反応だったことが余程こたえているようだ、と高沢は彼の心情を察し、高沢自身もまたやりきれない気持ちとなった。

「命に別状がないのなら、そのうちに気力も戻るかもしれない。ひとまず帰ってきたらどうだ？」

『……そうだよな……でも……』

早乙女としたら渡辺の傍《そば》についていたいということなのかもしれない。返事を渋ったそのリアクションで察した高沢は、それなら、と言葉を足した。

「勿論、病院に留まるのでもいい。お前の好きにするといい」

『……ちょっと考えるわ。あ、でも明日の朝までには戻るからよ』

それじゃあ、と力ない声のまま、早乙女が電話を切る。彼のことも心配だと高沢は、早乙女に同行していた峰に電話をかけてみることにした。

峰のスマートフォンを呼び出す。と、留守番電話に繋がったため、電話がほしいと伝言を残して切る。

直後に峰がかけてきたが、峰の声もまたいつになく深刻で、高沢の心配はより煽《あお》られることとなった。

『悪い。ちょっと手が離せなかった』

応対に出なかったことを詫《わ》びた峰に高沢は早乙女からの電話の内容を告げ、峰の目から見た渡辺についての情報を尋ねた。

『早乙女がショックを受けるのもわかる。まさに『死人』みたいだったからな』

溜め息交じりに答える峰に高沢は問いを重ねた。

「医者は、身体的には回復が望めるといったことを言ったんだよな？　問題があるのは精神面ということか？」

『今は両方だ。とはいえ、身体のほうは死ぬほどじゃない。点滴で栄養状態は改善されるだろうし、まあ、数日で起きて動けるようになるんじゃないか？」

「それで、精神は？」

『それがなあ』

峰の声がますます深刻なものになる。

『無反応なのが敢えてなのかそれとも体調のせいなのか、その見極めが俺にはできなかった。早乙女もだろう。俺は特に渡辺に敢えて無視されたところで気にはしないが、早乙女はそういうわけにはいかないようだ。まあ、そりゃそうだよな』

「ああ、俺もそう思う」

先程の早乙女の力ない声を思い起こしていた高沢は、早乙女に再度連絡を入れることにした。

「ありがとう。また連絡する」

『お前が来たら何かしらのリアクションはあるかもしれない』

電話を切りかけた高沢の耳に、峰の声が届く。

「……考えておく」
そう答えはしたが、悪い方にしか転ばないのではないかと高沢は案じずにはいられなかった。
早乙女に電話をかけたが留守番電話に繋がったため、当分の間、渡辺の傍についていると
いいと伝言を残し電話を切った。
今頃、自棄酒《やけざけ》でも飲んでいるのかもしれない。早乙女のためにも、そしておそらく渡辺の
ためにも、今、二人を近くに置いておくほうがいいと、高沢は判断したのだった。
早乙女が明朝までに戻ると言ったのは、自分のスタイリングを考えねばと思っているから
だろう。そこは申し訳ないが峰に頼むことにしようと心を決める。
峰にも言っておいたほうがいいだろうか。彼もまた戻らなかった場合、服装や髪型に困る。
しかしそのために帰ってきてほしいというのもどうかと思う、と、高沢はスマートフォンを
ポケットに仕舞った。
それにしても悩ましいのは渡辺の処遇だ、と高沢は改めて今後のことを考えた。
既に渡辺は組を抜けている。行方を捜すことへの許可は得られたし、『死にそう』な状態
である今、さすがに病院から追い出すことはしないだろうと思われる。
しかし体調が回復したら？　菱沼組の人間ではないが、自分とのかかわりが知られた今と
なっては、これからも彼がチャイナマフィアに狙われる存在であることにかわりはない。

どうすれば彼を守れるのか。もう一度組に入るよう誘ってみるのはどうだろう。しかし彼は料理人としての第二の人生を歩むことを決めていた。もうヤクザには戻りたくないのではないか。

自分のせいで——直接彼をそういう境遇に追いやったのは西村《にしむら》であるが——渡辺が危険に晒《さら》されることになったのだから、彼の身の安全を守る責任が自分にはある。しかし相手がチャイナマフィアともなると、独力で渡辺を守り切る自信はない。ではどうしたらいいのか、と、高沢は頭を絞ったが、いいアイデアは一つも浮かばなかった。

峰は何か案を持っていないだろうか。早くも他力本願となっている自分を情けなく感じはしたが、やはり自分では何も思いつかないと高沢は溜め息を漏らす。

と、ドアがノックされた直後に開き、三田村が慌てた様子で顔を出した。

「す、すみません。組長のご帰宅時間が早まったそうです」

「わかった。ありがとう」

礼を言った高沢の頭に櫻内に頼むというのはどうだろうという考えが浮かぶ。

渡辺の話を出したときには特に不機嫌になることはなかった。峰だけではなく早乙女にも捜索させればいいと、櫻内のほうから言ってくれたことを思うと、状況を説明したあと、渡辺の今後について力を借りたいと頼めば快諾してくれるのではないかと思われる。

しかし。

そうも甘えていいものか。櫻内の不興を買わなかったとしても、組員たちはどうだろう。組とは縁が切れた渡辺のために組長に便宜を図ってもらうなど、どう考えても拒絶反応が出そうである。

『言っただろう。甘やかすことにしたと』

櫻内の言葉が高沢の耳に蘇る。

宣言どおり、櫻内は自分を甘やかしているとしか思えない態度を貫いている。その意図はどこにあるのだろう。

今更かと、自分でも高沢は呆れてしまいながらも、これもまた正解がわからない、と首を横に振った。

組員たちの反応はどうなのだろう。反発は起こっていないのだろうか。射撃教室に参加してくる組員からは、拒絶されている気配は感じない。しかしそもそも自分に嫌悪感を抱いている組員は、射撃訓練に最初から参加していないだろう。

参加人数が減っているという話は出ていないが、これから減ってくるようなことがあれば要注意である。

その辺は三田村に気にしておいてもらおう。そう考えていた高沢は、いつしか自分が『チーム』のメンバーを頼りにしていることに気づき、なんともいえない気持ちになった。

少しずつ、自身を取り巻く環境が変わっているのを実感する。毎朝、見送りのときに着飾り始めたのはいつからだったか。高沢も慣れたが周りも慣れた。これにも特に組員たちの反発はなかったように思う。

着飾るようになったのには『姐さん』らしく見えるようにという目的があった。実際のところはどうなのだろう。少しは見えているのだろうか。それとも、陳腐としかとらえられていないのか。

人の目を、感情を気にした経験が圧倒的に少ないために、判断がつかない。またも深い溜め息を漏らしてしまっていた高沢ではあったが、落ち込むなど時間の無駄でしかないと気持ちを切り換えると、峰も早乙女もいない中、櫻内との夕食には何を着ればいいのか、自分で考えねばと、気持ちを切り換えクロゼットへと向かったのだった。


帰宅した櫻内の機嫌はよさそうだった。このところ不機嫌に見えたことがないが、隠すようになったのか、それとも本当に機嫌がよい状態なのか。判断がつかないことに高沢はもどかしさを覚えたが、直接本人に確かめるということはさすがにできずにいた。

渡辺の話題を出してみようか。何かきっかけとなる話題を、と逡巡していた高沢の心を読んだとしか思えないタイミングで、櫻内のほうから渡辺の名を口にした。

「峰から報告があった。渡辺は見つかったそうだな」

「あ、ああ」

まさか櫻内のほうから話題にしてくれるとは。まさに甘やかされていると驚いたせいで返事が遅れた高沢に対し、穏やかな表情を浮かべたまま櫻内が言葉を続ける。

「早乙女が落ち込んでいるそうだな。渡辺は早乙女を見ても無反応だったと聞いたぞ」

「確かに落ち込んでいた。暫《しばら》く渡辺の傍に居てやったらどうだと言っておいた」

「朝の仕度はやると言っていたぞ」

「話したのか?」

早乙女のほうから連絡を入れることができたとは到底思えない。となると櫻内が早乙女に連絡を入れたことになるのだが。意外さから高沢の声は自然と高くなっていた。

「ああ。それが?」

どうかしたかと問いかけられたものの、高沢は咄嗟に言葉が出てこなかった。

「いや、その……あなたから連絡をもらって、早乙女は喜んだだろうなと」

敬愛などという言葉ではとても足りない。『心酔』でも及ばないほど、早乙女は櫻内に傾倒している。本人から直接連絡がこようものなら舞い上がるに違いない。それでそう告げた高沢だったが、次の瞬間、もしや早乙女が落ち込んでいると知ったから電話をしたのだろうかという可能性に気づいた。

となると先に峰に状況を確認したということか。やはり峰への信頼は厚いのだなと納得しつつも、なんとなくもやっとした感情が胸に芽生えてしまう、と自然と己の胸へと手をやっていた高沢は、櫻内に声をかけられ、我に返った。

「やはりいいな。『あなた』呼びは」

「え？」

何を言われたのか、すぐにはわからなかったが、視線を向けた先では櫻内がそれは満足そうに微笑んでおり、その笑顔を見た瞬間、理由のわからないもやもやは高沢の胸から消えていった。

なぜか自分までもが嬉しい気持ちになっている。一体どうしたことかと不思議に思っていた高沢に向かい、櫻内が笑顔のまま声をかける。

「やはり毎朝の見送りのときに付け加えるか。『いってらっしゃい、あなた』と」

「ちょ、ちょっと待ってくれ。さすがにそれは……」

何を言い出すのだと、ぎょっとしたせいで、あわあわとしてしまう。そんな高沢を見て櫻内は実に楽しげな笑い声を上げ、給仕をしていた三田村をぎょっとさせた。

「明日からだ。いいな？」

「勘弁してくれ……無理だ」

「今から練習するといい。さあ」

「練習って」

「『あなた』だ。なんでもいい。話しかけてこい」

「なんでもいいって、そんな」

「『あなた』と呼びかけるのを忘れるな」

「無理だ」

「無理じゃない」

本気か否か、表情からはわからない。これはまさに『いちゃついている』状態なのではないかと気づいては、高沢は赤面せずにはいられなくなった。

気づいたきっかけは、三田村の居心地悪そうなリアクションだったのだが、櫻内も気づいているだろうに執拗《しつよう》に『あなた』と呼ばせようとしている。

「さあ、呼んでみろ」

呼ぶまで席を立たせてもらえそうにないとはわかるも、櫻内はこのやり取りを楽しんでいるようにも見える。何が正解なのか、わからない状態は続くと高沢は途方に暮れてしまいながらも、なんとか毎朝の『あなた』呼びを回避できる方法はないだろうかと、必死で頭を働かせていた。

7

櫻内の言ったとおり、翌朝、早乙女は戻ってきて高沢のスタイリングをしてくれた。

「大丈夫か？」

髪型を整えてくれる早乙女があまり寝ていない様子なのが気になり、高沢が鏡越しに問いかけると、早乙女は思いの外明るい顔で答えを返してきた。

「大丈夫だ。組長から電話もらったしな」

「そうか」

櫻内から直接電話があったことが相当嬉しかったらしい、と、自慢げな表情を見て高沢は察し、密《ひそ》かに安堵の息を吐《つ》いた。

昨日の電話のときには、早乙女は酷《ひど》く落ち込んでいた。彼のほうがそれこそ『死にそう』な状態だっただけにほっとする。

「お見送りが終わったらまた病院に行ってくるぜ」

「ああ。それがいいな」

渡辺のためにもだが、早乙女も渡辺の傍にいてやりたいだろう。鏡越し、高沢が笑顔で頷くと、なぜだか早乙女がぎょっとした顔になり、高沢の髪を弄《いじ》っていた彼の手が完全に止まった。

「どうした？」

呆然《ぼうぜん》としているように見える彼に高沢が問いかける。と、鏡の中の早乙女の顔がみるみるうちに真っ赤になったかと思うと、

「なんでもねえよっ」

と乱暴に言い捨て、痛いくらいの力で髪を梳《と》き始めた。

「もう、やめてほしいんだよな。突然笑うなよ」

「笑う……」

三田村にも注意されたのだった、と高沢はまじまじと鏡の中の自分の顔を見る。笑うと何がいけないのか、と、笑ってみると、すかさず早乙女に睨まれてしまった。

「笑うなって言ってんだろうが」

「なぜだ？　三田村にも言われたが」

「三田村？　もしかして射撃訓練のときに笑ったのか？　そりゃ問題だぜ」

早乙女が大真面目《おおまじめ》な顔になり、高沢を鏡越しに見据えたまま口を開く。

「不用意に笑うなよ。あと、馴れ馴れしい奴《やつ》がいたら俺に言え。三田村でもいいや。悪い芽は早い内に摘んどいたほうがいいからよ」

「悪い芽？　訓練に参加している組員のことを言っているのか？」

なぜ、と問いかけると早乙女は、

「なんでもいい。三田村の言うことを聞いとけよ」

と、説明を避け、指示だけ与えてきた。

「よし、これでいい。さあ、時間だぜ」

「……わかった」

確かに時間は迫っていた。が、明らかに話を逸らそうとしたとわかるだけに高沢は、早乙女を追及しようかと一瞬考えたのだが思い留まったのは、問い詰めたところで早乙女が説明してくれるとは思えなかったためだった。

今日、早乙女が選んだのは、細身のスーツだった。身体の線がこれでもかというほどに出ており、高沢としてはここまでフィットしていなくていいのではと思えるほどだが、そこがいいのだと早乙女には流されてしまった。

ジャケットの丈が短めであるので、ヒップラインが露《あら》わになる。ピチピチとしかいいようのないパンツが気になるが、早乙女には『そういう服だ』と片付けられてしまった。

ともあれ、見送りには遅れるわけにはいかない。それで高沢はエントランスに急いだのだが、今日もまた彼が到着した直後に櫻内がエントランスに現れた。

「ヒップラインがいいな」

櫻内は高沢を見て開口一番そう言うと、近くにいた早乙女に笑顔で声をかけた。

「相変わらず、いい仕事をしてくれる」

「あ、ありがとうございやす！」

早乙女は感極まった顔になっていた。これもまた櫻内の気遣いかと思っていた高沢は、その櫻内に腰を抱き寄せられ、はっと我に返った。

「射撃訓練のときには着替えるように。それから今日の夜、東北の青柳《あおやぎ》組長から来訪したいという連絡があった。宴席の準備を頼む」

「わ……かった」

青柳組長は高沢にとっても印象的な男だった。見目麗しい男たちを揃《そろ》えた『和馬《かずま》ボーイズ』には射撃を教えたこともある。

櫻内はどうやら青柳を気に入っているようである。そうでなければこうも頻繁な来訪を許すはずもない。

しかし『宴席の準備』とは。ついこの間八木沼組長を迎えたばかりだが、そのときの準備が合格点をもらえたということだろうか。

「俺も夕方には戻る。それではな」

「行ってらっしゃいませ」

一人の思考の世界に嵌まり込みそうになっていた高沢は、櫻内に声をかけられ自分を取り戻した。

それでいつもの挨拶をし、頭を下げたのだが、櫻内は相変わらず高沢の腰を抱いたままで歩きだそうとしなかった。

「？」

何か自分に不備があったのかと、高沢は戸惑い、櫻内を見つめた。

「行ってくる。裕之《ひろゆき》」

視線を真《ま》っ直《す》ぐに受け止め、櫻内がにっこりと微笑みかけてくる。

「行ってらっしゃいませ」

「で？」

「え？」

『で』と言われても何を求められているのかがわからず、眉を顰めた高沢の腰を更にぐっと抱き寄せ、櫻内がごく近いところから囁きかけてくる。

「『あなた』だろう？」

「な……っ」

まさか本気で『あなた』と呼ばせる気かと焦る高沢に対し櫻内はどこまでも面白がってみせた。

「ほら、早く。出かけられないじゃないか」

「……本気か」

櫻内だけに聞こえるようにそう言い、睨む。

「本気も本気」

櫻内もまた高沢だけに聞こえるようにそう言い、ニッと笑ってみせる。このまま出かけないという愚行に出るはずもないが、こうして抱き寄せられたままでいる姿を組員たちに見せ続けることは避けたい、と高沢は心を決めた。

とはいえ、人に聞かれるのは避けたい、と高沢は再び櫻内の耳元に唇を寄せ、囁いた。

「いってらっしゃいませ。『あなた』」

「やっぱり『くる』な」

櫻内が実に満足そうに笑い高沢の頰にキスをする。

「おい……っ」

「はは。行ってくる」

そう言い、再び高沢の頰に掠《かす》めるようなキスを落とすと櫻内はエントランスを出ていった。

組員たちが一斉に頭を下げる。

高沢もまたその場に留まり頭を下げたが、彼の頰は今、燃えるような熱を湛《たた》えていた。

『あなた』。これからも言わねばならないのだろうか。さすがに決まりが悪いので、できれば勘弁してもらいたい。そう思いながらも高沢は、自分に任されることになった青柳組長との宴席をいかにして成功させるかを考え始めていた。

峰は結局戻らず、早乙女も渡辺の病院へと向かってしまっていたため、高沢は『チーム高沢』の三田村と運転手の青木に、青柳を迎えるに当たっての準備について相談した。

「青柳組長は以前もいらっしゃいましたので、そのときのことを参考にしましょう。他に、青柳組長の好みについて、何かありますか？」

「いや……どうだったかな」

高沢は青柳と顔を合わせたときのことを思い起こした。

青柳は終始、自分に対して好意的だったように思う。理由はよくわからない。確か、冗談のような言葉をよく言われたものだったと思い出す。

『お二人のファンなんですよ』

『ファン』の意味はわからなかった。が、好意は感じた。演技か否かはわからない。しかし何かと便宜を図ってもらうことは多かった。

そんな彼を最適な環境で迎えるにはどうしたらいいのだか。料理は。酒は。真剣に考えることにしようと高沢は三田村と青木に向かい頭を下げた。

「これという心当たりはない。ともあれ、満足してもらえるように尽力しよう」

「わかりました。リサーチします」

「じゃあ俺は用件について、探りますす」

二人は緊張した面持ちで返事をし、高沢の許《もと》を辞した。高沢はその後、射撃訓練に向かったのだが、休憩時間には青柳との面談の際の会話を必死で思い起こそうとした。

青柳が櫻内邸に現れたのは午後六時を回った頃だった。最初に組事務所を訪れたとのことで、櫻内が連れて戻ってきたのだった。

「いらっしゃいませ」

出迎えた高沢を見て、青柳は弾んだ声を上げた。

「高沢さん、着物ですか。ますます艶っぽくなられましたね。まさに『姐さん』という感じです。眼福ですな」

青柳を迎える服装について、高沢は悩んだ結果、峰に電話で相談した。峰と二人して悩んだ上で和服に決まり、いつも着付けをお願いしているところから人を派遣してもらったのだった。

髪型は運転手役の青木が担当した。緊張しまくってはいたが、本人もいつも髪型には凝っていることもあって、着物にあった比較的かっちりした感じで仕上げてくれた。

なんとか形にはなったものの『艶っぽく』もないし『姐さん』らしくもないという自己評

価を抱いていた高沢は、青柳が世辞を言っているとしか思えなかった。この場合、どういうリアクションを取るのが正解なのだろう。礼を言うと本気にとったのかと思われそうだが『世辞は結構』というのも感じが悪い。

今まで人付き合いは面倒と避けてきたツケがこんな形で回ってこようとはと、高沢は内心溜め息をつきつつも、せめて顔には笑みを、と無理矢理微笑み頭を下げた。

「その……お褒めの言葉、ありがとうございます。いらっしゃいませ。お待ちしていました」

「いや、本当に姐さんらしくなられて。櫻内組長が惚気《のろけ》ていらしたとおりです」

「えっ」

思わず声を上げてしまったが、すぐ、これこそが冗談だろうと思い直す。いちいち動揺してしまうと相手もやりにくいだろうと、高沢は慌てて頭を下げた。

「すみません、冗談ですよね」

「冗談なものか」

と、横から何を思ったか櫻内が会話に加わった。

「青柳組長が引くほど惚気ておいた。お前が可愛《かわい》くて仕方がないと」

「えっ」

またも戸惑いの声を上げてしまったものの、これもまた冗談だったかと高沢はつい、恨みがましく櫻内を睨んでしまった。

「ほら、可愛い」

「いや、目の毒です。本当に可愛らしい」

櫻内の悪ふざけに青柳まで乗っている。こういう状態をさらりと流せるようになりたいものだと思いながら高沢は、ともかく会話を切り上げようと頭を下げた。

「宴席をご用意しました。どうぞこちらへ」

「何にした？」

櫻内が問いかけてくる。

「組長が贔屓《ひいき》にしている間宮《まみや》シェフに来ていただきました」

間宮というのは櫻内が好んで呼びつけることの多い中華レストランのシェフだった。以前気に入った様子だったものと初物、どちらがいいかと三田村や青木と相談した結果、組長のお気に入りでもある中華を選んだのだが、果たして櫻内の反応は、と高沢は櫻内の表情を窺《うかが》った。

「中華か。久々だな」

微笑み頷いたところを見ると、気に入ってもらえたようだと安堵する。

「やはり『姐さん』らしくなられましたねえ」

いや、素晴らしいと青柳が感心した様子となっている。やけに『姐さん』を連発しているがその意図はどこにあるのかと不思議に思いながらも高沢は二人を客用のダイニングへと

誘《いざな》うべく先に立って歩き出したのだった。

料理も、二十年ものの紹興酒も、青柳には気に入ってもらえたようで、賞賛の言葉を重ねてくれた。櫻内もまた久々の間宮の味には満足した様子となっている。合格点に達しているといいと願いながら高沢は、食事のあと場所を応接室に移し、櫻内と青柳と三人で、櫻内のリクエストであるシャンパンを飲みながら、櫻内と青柳の会話を聞いていた。

「親父は手堅くやっていましたが、私はもう少しアグレッシブにいきたいんですよ。東北を元気にしたいというのもありまして」

酔いのせいか、青柳は珍しく饒舌《じょうぜつ》になっていた。いや、もしかしたら狙って己の願望を語っているのかもしれない、と、密かに観察していた高沢の横で、櫻内が微笑みながら言葉を返す。

「東北での地位は盤石になりつつあるように見えるぞ。『菱沼組《ひしぬまぐみ》』の名の使い方が実に上手《うま》いと感心している」

「ご不快には思ってらっしゃいませんよね?」

それを聞き、青柳がさっと青ざめた。一気に酔いが醒《さ》めた様子となった青柳を、櫻内が笑い飛ばす。

「不快なものか。頭も要領もいい男は好きだ」

「それを聞いてほっとしました。ああ、これでは自分が頭と要領がいいと言っているようなものですね」

お恥ずかしい、と青柳が頭を掻く。彼の顔には高沢にもわかるほど安堵の色が濃く、彼がいかに櫻内を恐れているかを目の当たりにした高沢は、普段の気易《きやす》い態度も計算し尽くされたものだったのだなと、認識を新たにしたのだった。

「実際、頭も要領もいいだろう」

そんな彼に櫻内がそう返す。冗談めかしていたが、それだけ買っているのだというアピールだろうかと、高沢は櫻内へと視線を向けた。

なぜ櫻内がそんなアピールをするのかがわからなかったからだが、どうやら青柳は理解したらしく、咳払いをしたあと両手を膝に乗せた状態で、ずい、と身を乗り出してきた。

「櫻内組長、実は今日、お伺いしたのは、いささかお節介な申し出をするためだったのです」

「なんだ?」

櫻内の顔には笑みがあった。眼差しも厳しいものではない。これはおそらく『申し出』の内容を把握しているなと察した高沢の前で、青柳が意を決した顔になり口を開いた。

「誘拐された渡辺さんが発見されたと聞いています。よければ私が保護いたしましょうかと立候補に参ったのです」

「……っ」

渡辺の名が出たことは高沢にとっては予想外で、思わず息を呑んでしまったのだが、やはり櫻内は予想していたようで、ほう、と感心した様子で目を見開き、青柳に言葉を返した。

「相変わらずウチの組の事情に詳しいな。情報源は病院か？」

「いえ。我々も渡辺さんを捜索していまして。奥多摩ではないかと当たりをつけ捜していたところ、菱沼組の皆さんが発見されたのを陰ながら見ていたというわけです」

「それも『お節介』か？」

「はい。姐さんに恩を売りたいなと、そう思いまして」

青柳の言葉に、櫻内が楽しげに笑う。

「はは。確かに裕之は恩義を感じるだろう。な？」

不意に会話を振られ、高沢ははっとし、櫻内を見やった。

「あ、ああ。ありがたいと思う……が……」

果たしてその『お節介』を受け入れていいものかと、高沢はそれを櫻内に問おうとした。

「かまわない。お前が喜べば俺も嬉しいからな」

「…………」

ここでもまた、甘やかされているのか。こういうのをなんというのだったか。そう『歯が浮くような台詞《せりふ》』だ。本気で言っているのだろうか、と高沢の眉間には縦皺が寄っていた。

「なんだ、その顔は。不満か？」

「不満なんて」

あるはずがない、と慌てて首を横に振る。それを見て櫻内は苦笑めいた笑みを浮かべたあと、視線を青柳へと向け口を開いた。

「正直なところ、渡辺の処遇については悩ましいと思っていた。彼は既に組を辞めてはいるが、コレ絡みで相変わらずチャイナマフィアには狙われている。しかし保護しようにも本人が拒絶するのは目に見えているからな。今も組には心を閉ざしたままだ」

「体調が回復したら東北の老舗料亭で修業させるというのはどうでしょう。いくつか店の候補をあげることもできます」

青柳はすっかり自信を取り戻した様子だった。見目麗しいその顔はさすが、『和馬ボーイズ』といった大勢の愛人を侍《はべ》らせているだけのことはある、と感心していた高沢の横では、櫻内が満足そうに微笑み、頷いていた。

「遠慮なく頼むとしよう。求められる見返りがわかりやすい相手の厚意には、乗るに限るからな」

「ありがとうございます。そう仰っていただけてほっとしました」

言葉どおり、安堵した顔になっている青柳は、今度は高沢へと話しかけてきた。

「ご安心ください。渡辺さんは私が責任をもってお守りしますし、第二の人生についても最高の環境をご用意させていただきます」

「ありがとうございます。渡辺も喜ぶかと思います」

今は早乙女とすら目を合わせていないというが、環境が変われば気持ちも変わり、生きがいを求めることができるようになるのではないか。

確かに渡辺のためにも、環境を変えるのはいいことなのかもしれない。そう思ったこともあって高沢は青柳に対し、深く頭を下げた。

「渡辺のこと、どうぞ宜しくお願いします」

「勿論です。頭を上げてください。これは私の下心からなんですから」

青柳が冗談めかしてそう言うのを聞き、櫻内もまた笑顔で言葉を足す。

「下心はわかりやすいのに限るからな」

「勿論、エッチな意味じゃありませんからね。私はお二人のファンなので」

さりげなく言葉を足した青柳に対し、櫻内が高い笑い声を上げる。何が可笑《おか》しいのかが今ひとつわからず、首を傾げた高沢の腿《もも》を櫻内は、やれやれというように軽く叩いたあとに、思いついた様子で青柳に問いを発した。

「加藤蘭丸《かとうらんまる》はどうしている？　渡辺同様、コレに誑《たぶら》かされた気の毒な男はそろそろ、目が覚めたのか？」

「……っ」

不意に出された蘭丸の名に、高沢はまた、息を呑んでしまった。

「そういうリアクションをするから、加藤も自分にとって都合がいいように解釈するんだからな。わかっているのか?」

櫻内が呆れた顔になり、問いかけてきた。

「?」

何を言われているのかがまったくわからず、眉を顰めた高沢の腿をもう一度叩くと、櫻内は再び視線を青柳に向けた。

「目が覚めたかどうかは微妙なところです。それだけ姐さんの魅力は強烈ということでしょう」

青柳はまた世辞めいたことを言ったあとに、心持ち声を潜めるようにして語り出した。

「しかし、心を開かせることには成功しているといっていいでしょう。身体はいわずもがなですが」

「……っ」

またも反応したのは高沢のみで、櫻内は相変わらず楽しげに笑っている。

「調教は順調ということか。和馬ボーイズに入る日も近そうだな」

「ボーイズに入れるのは少々危険な気がします。監視の目を緩めるとクーデターを起こしかねない。ウチのボーイズは純真な子が多いもので」

青柳はそう笑ったが、不意に真面目な顔になり口を開いた。

「蘭丸から気になる話を聞いたのです。それをお知らせしたかったというのも来訪の目的でした」

「気になる話とは？」

櫻内が美しい目を見開き、問いかける。

黒曜石のごとく美しい黒い瞳の煌《きら》めきに、青柳は一瞬、見惚《みと》れたように見え、高沢は思わず青柳の様子に注目してしまった。

「ああ、すみません。姐さんが心配されるようなことはありませんよ」

視線に気づいたのか、青柳がにこやかにそう言い、頷いてみせる。

「心配はしていませんが」

注目はしたが、と、反論した高沢に向かい青柳は、

「わかってますよ。念のために言っただけです」

と、本人以上に気持ちを把握しているようなことを言うと櫻内へと視線を向け話し始めた。

「蘭丸が櫻内組長に銃を向けるきっかけとなった事項について聞き出すことに成功したんです。彼本人も自覚していなかったので時間がかかったんですがようやく」

きっかけがあったとは、と驚くのは高沢ばかりで、櫻内は相変わらず平然とした様子で問いを発している。

「吹き込まれたんだな。誰かに」

「もしや櫻内組長はお気づきでしたか」

それを聞いて青柳が驚いた顔になる。

「裏付けは取れてない」

「いやあ、全然恩を売れません」

涼しい顔で返した櫻内に、青柳は肩を竦めてみせたあとに、

「それでは裏付けをお話ししましょう」

と話し始めた。

「蘭丸が高沢さんの運転手を務めるようになったとき、心構えを聞いたらしいです。組長の運転手役を長く務めている彼――神部《かんべ》さんに」

「……っ」

というこはもしや、と驚く高沢の横で、櫻内が淡々と問いを発する。

「なるほど。神部が吹き込んだというんだな。俺がいかにコレを虐げているかと」

「虐げている？」

違和感から問いかけた高沢に、

「お前にその自覚がないとわかって安心したよ」

と櫻内が微笑む。

「自覚？」

話が見えないと首を傾げる高沢を余所《よそ》に、櫻内と青柳の間で会話が続いていく。

「神部が蘭丸をそそのかした。目的は俺を殺すため——蘭丸なら洗脳できると踏んだんだろう。コレに随分と惚《ほ》れ込んでいたから」

『コレ』と言いながら櫻内が高沢を目で示す。

「なるほど。神部さんはずっと適した人物を探していたのかもしれませんね」

青柳が感心した様子で頷く。

「彼は運転手になって長いんですか?」

「ああ。組に入ってからは十年近くなる。専属になって六、七年。長いといえば長いな」

「となると、大陸マフィアがスパイを送り込んだというわけではなさそうですね。十年となると気が長すぎる」

「そうともいえんな。運転手という役職柄、身元に関しては常に調査の対象となる。今まで引っかかっていないということは、ごく最近、取り込まれたのでなければ、最初から織り込み済みだったということになる」

「十年とは気が長い話ですね。まるで警察のエスだ」

青柳が感心した声を上げる。

エス——警察のスパイの名称だ、と高沢は気づくと同時に、身近に『エス』がいたことも思い出した。

八木沼のもとにいた藤田《ふじた》。今まで『エス』という言葉は知っていたが、実在したと知ったときには驚いた。警察内に身を置いていた自分がそうなのだから、他の皆もそういう認識だっただろうに、よくぞ見抜いたものだと今更ながら感心していた高沢は、続く青柳の問いに我に返らされることとなった。

「それで櫻内組長はどちらと思ってらっしゃるのです？　最近なのか、それとも最初からなのか」

「微妙だな。チャイナマフィアにせよ、他の団体であるにせよ、そこまで気は長くないだろう。とはいえもともとそうした素養がなかったら取り込まれるとは思えない。当初は雇い主が違ったのかもしれない」

「なるほど。もしや彼を運転手というポジションに据えたのは黒幕を探るためですか？」

青柳が、はっとしたような顔になり、櫻内に問いかける。

そんなことがあり得るのだろうか。運転手はその気になりさえすれば、櫻内の命を奪うことも可能だ。自動車事故を起こせばいいだけのことである。極道は常に、死と隣り合わせという意識なのかもしれないが、自ら危険を買って出ることをするだろうかと見やった先、櫻内がふっと笑い肩を竦める。

「常套《じょうとう》手段だろう？　疑わしい人間こそ懐に入れたかのように振る舞う。ボロを出すのを狙ってな」

「いやあ、さすがとしかいいようがありません。普通は遠ざけますよ、怪しい輩は。それを敢えて近くに置くとは」

青柳が心底感心した声を上げるのに、

「しかし神部に関しては未然に防げなかったからな」

と櫻内はまたも肩を竦めた。

「それすら、作戦だったのではないかと思っていますよ、私は」

青柳の返しを聞き、高沢は、はっとし櫻内を見やった。櫻内は高沢の視線を受け止めた上で、苦笑めいた笑みを浮かべ首を横に振る。

「買いかぶりだ」

おそらく想定内ということだったのだろう。確信していた高沢だったが、あの神部が裏切り者だったのかという衝撃からは未だ立ち直れずにいた。

神部が蘭丸を唆《そそのか》し、櫻内に対して引き金を引かせた。それが事実だとした場合、神部は今、泳がされている状態ということだ。

黒幕は一体誰なのか。どういう団体なのか。今こそそれを解明するときなのではないか。解明しないかぎり、櫻内の身は危険に晒されているということになるのだから。

「頼みがある」

不意に口を開いた高沢に対し、櫻内が不思議そうな顔になり問うてくる。

「どうした」

「神部に罠《わな》をしかけたい。黒幕が何者かを知るために」

「ほう」

「なんと」

目を見開いた櫻内と、喜色満面となった青柳の声が重なって響く。

「姐さん自らご出馬ですか。愛ですねえ」

うきうきした顔で青柳が告げた言葉に、櫻内が苦笑する。

「愛、ね」

「愛でしょう。この上ない」

ねえ、と青柳が高沢に同意を求めてくる。

愛——愛、なのだろうか。

そうした意識はなかった、と首を傾げる高沢の肩を櫻内が抱き寄せ、顔を覗《のぞ》き込んでくる。

「愛なのか？」

「どう……だろう？」

高沢の答えを聞き、櫻内が笑い出す。

「これもまた自覚なしか」

「愛でしょう、間違いなく」

そう告げたのは高沢ではなく青柳だった。自明のことと言わんばかりの彼の言葉に、櫻内はまた苦笑する。

「なんにせよ、綿密に作戦を立てる必要があるな」

言いながら櫻内が高沢の肩を抱く手に力を込め問いかける。

「いけるか？」

「ああ」

「頼もしいことだ」

即答した高沢に対し、櫻内が笑顔を向けてくる。魅惑的すぎるその笑顔に見惚れてしまいそうになりながらも高沢は、いかにして神部に罠をしかけるかを既に考え始めていた。

8

渡辺はその日のうちに青柳が引き取っていった。

「本当に大丈夫なのかよ。蘭丸も渡辺もって、あの青柳って野郎、なんかウチの組に思うところあるんじゃねえの？」

戻ってきた早乙女が不審さ満載の顔で高沢に問うてくる。

「そこは大丈夫だと思う。組長が青柳組長を信用している。青柳組長の狙いは東北での地位確立だと宣言しているからな」

「にしてもよう。蘭丸も渡辺もだぜ」

自分のお気に入りの舎弟を二人、取られた気持ちなのだろう。早乙女は不満そうではあったが、『組長』の名を出したのがきいたのか、青柳への不信感は消えたようだった。

「渡辺も東北の料亭で修業させてもらえるというし、ここにいるよりは彼のためにもいいと思う」

「まあなあ。今は死人みたいだし、下手したらそのまま死んじまいそうだしな。東北の料亭にいるなら会いに行けばいいだけだしよ」

心残りはありありな様子ではあったが、組長の決定には背く気はないらしく、どうやら納得したようである、と高沢は密かに安堵の息を漏らした。

と、そのとき高沢のスマートフォンが着信に震え、ポケットから取り出して画面を見た彼はかけてきたのが峰とわかり応対に出た。

「どうした」

『三室さんと会えた、そろそろ来るころだろうと思っていたと言われた。相変わらず、情報は早いわ、状況を見る目は確かだわ、さすがと思ったよ』

「それで、教官の容態は？」

余命幾許《いくばく》もないと聞いていただけに、一番にそれが気になり問いかけると、峰は何かを言い淀《よど》んでから言葉を発した。

『……酷く痩せてらしたが、普通に射撃の指導は行っていた。だがなあ。死相は出ていたよ。まず顔色が悪い。それになんていうのか。鬼気迫る雰囲気なんだよ。数分後にはこときれているとなっても全然不思議じゃない。そんな感じだった』

「そう……か」

予想していたとはいえ、高沢の胸は痛んだ。自然と沈んだ声を出した高沢の耳に、敢えて作ったと思《おぼ》しき淡々とした声音の峰の言葉が響く。

「お前によろしくと言われた。信頼できる人間を傍に置けと。そこはよくよく見極めるように、だそうだ」

「信頼できる人間……」

今このタイミングで与えられた言葉が『それ』というのは、何か意味があるのだろうか。

当たり前のことのような、と疑問を覚えた高沢は、その疑問を峰にぶつけることにした。

「今更のことだと思うんだが、今、教官がそれを言う意味はなんだと思う?」

『さあな。俺は教官ではないから……』

峰もまた戸惑った声を上げていたが、彼なりの考えを教えてくれた。

『「姐さん」になったお前へのアドバイスってことなんじゃないか? 今まで以上に身辺には気をつけろという』

「なるほどな」

そういうことかもしれない、と高沢は納得することができた。と同時に、やはり一目、三室には会いたいという気持ちも募ってきてしまった。

そんな彼の心情を三室は見越していたらしい、と察せざるを得ないことを続く峰の言葉で高沢は思い知らされた。

『見舞いは不要だと繰り返し言われた。今は櫻内組長のもとを離れるなと。お前は勿論、俺もな』

「……そうか」

それでは見舞いに行ったところで、会ってはもらえない可能性が高い。なぜ、そうも頑《かたく》なのか。それが三室だと言われればそのとおりなのだが、と高沢は溜め息を漏らしてしまいながら相槌《あいづち》を打った。

『そういうわけだから、すぐに戻る。明日からは「チーム高沢」に復帰だ』

「ああ。よろしく頼む」

それじゃあ、と峰が電話を切る。それを待ち侘《わ》びていたように、早乙女が問いかけてきた。

「峰からか？　なんだって？　三室がくたばったってか？」

「冗談でも言っていいことと悪いことがあるぞ」

早乙女が三室に対してはいい感情を抱いていないことは、勿論わかっている。それにしても、人の生死にかかわることを揶揄していいものではない。それでつい、きつく咎《とが》めてしまったのだが、案の定早乙女は倍、不機嫌になってしまった。

「だって余命幾許もねえんだろ。いつくたばってもおかしくねえってことじゃねえか」

「お前は自分の大切な人が余命宣告されたとしても、同じことが言えるのか？」

「大切な人なんていねえよ。組長くれえだ」

憮然《ぶぜん》とした顔で早乙女が言い返してくる。

「まさか組長が余命宣告されたなら、とか言い出すわけじゃねえよな？」

早乙女が凶悪な目で高沢を睨んでくる。

「お前が言われたくないことは俺も言われたくないということだ」

「ちょっと待てよ。あんたにとっては組長と三室が同じポジションだとでも言う気かよ」

聞き捨てならねえ、と早乙女が牙を剝《む》く。

「そういうことを言いたいわけじゃない」

「いや、そこはきっちりさせときたいぜ」

早乙女がやけに熱くなることに戸惑いを覚えつつも高沢は、

「ともかく、二度と言わないでくれ」

と告げ、話を終わらせようとした。

「俺だってしたい話題じゃねえぜ。三室がどうなろうが知ったこっちゃねえ」

早乙女はそう言うと、高沢を睨み付けてきた。

「気になるのはあんたにとって三室が組長とタメ張るくらいの存在なのかってことだよ。そんなの、許されることじゃねえからな」

「言ってることがよくわからないんだが」

二人の存在が同じと感じたことはない。櫻内は櫻内、三室は三室。別物すぎて混同したことすらないのに、早乙女は何を言いたいのか。

首を傾げる高沢を見て、早乙女は、不満そうにしながらも、何か納得できたのか、やれやれというように溜め息を漏らしつつ口を開いた。

「わからねえならいい。ともかく、組長以外に大事な相手なんて作るんじゃねえぞ」

早乙女のアドバイスを聞き、高沢は尚も疑問を覚えた。彼にとっては早乙女や峰も大事な相手である。三田村や青木も同じく。彼らだけではなく、射撃訓練に参加している組員たちも大切であるし、八木沼組長や青柳組長も『大事』といえる。

それを否定される理由は、と高沢は問おうとしたが、それより前に早乙女が答えを口にしていた。

「てめえは『姐さん』なんだからよ。組長以外に大事な相手はいらねえんだよ」

「なるほど。そういうことか」

早乙女を始め、組員たちはそれを求めているのか、と高沢はようやく察することができた。とはいえ、納得できたかとなると微妙なところではあるのだが、と思いつつ言葉を続ける。

「組長のことは勿論、誰より大事に思っている。そこは間違いない」

「ならいいぜ。もう、三室が心配とか言うなよ」

早乙女が捨て台詞のような口調でそう言い、話を切り上げる。反論すれば話が長引くとわかっていたので高沢はそれには敢えて答えず、話題を変えた。

「ところで、明日は何を着よう？」

「ああ、明日もまた考えねえといけねえんだよな。うーん、本格的にネタ切れなんだよなあ。ああ、そうだ。和装は受けたんだよな？　だとしたらまた着物にすっかなあ」

早乙女の意識がすっかり、明日の仕度に移ったことを確認すると高沢は改めて三室のことを考え始めた。

三室の命が尽きようとしている。そのことに皆、気づいているのか。金《ジン》は？　傍にいるのだから気づいていないわけがない。長年の付き合いと言っていたから、さぞショックを受けていることだろう。

そして——金子《かねこ》は？

未だ記憶は戻っていないという。記憶喪失になる前の金子の、三室への執着ぶりは凄《すさ》まじかった。それだけ思いが強いということだろうが、今、その三室が死に直面していると知れば、彼はどう感じるだろうか。

記憶を失ったままであるのなら、動揺することはないだろう。しかし記憶喪失が演技だった場合は、酷く動揺するのではないかと思われる。

今更、金子の記憶喪失が演技か否かを確かめる必要があるかは謎だが、と首を傾げていた高沢は、早乙女の問いに我に返った。

「他人事《ひとごと》みたいな顔してねえで、なんかアイデア出してくれよ。和服か？　それともスーツか？　コスプレ系でいくか？」

「コスプレ？　ああ、八木沼組長が贈ってくれた衣装か？」

放置しすぎたせいか、早乙女が不機嫌になりかけている。面倒なことになる前にと高沢は話に乗ることにした。

「八木沼組長のは舞台衣装みたいなんだよな。コスプレっていうのはほら、キャラクターになりきるとか、あとは職業になりきるとかだ。ナースとかバニーガールとか」

「ナースやバニーガールの衣装はさすがにふざけすぎと言われるだろうな」

身につけるのが自分となれば、仮装大会かと揶揄されそうだと高沢は肩を竦めた。

「ふざけすぎっつーよりは……あー、まあいいや」

早乙女は何かを言いかけたが、結局は何も言わずに話を切り上げようとした。

「ナースはダメだが白衣はいけそうだ。明日それを試してみて、受けが悪かったらコスプレはやめる。組長が気に入ったらコスチューム系にするぜ」

ようやく決まった、と安堵する顔になった早乙女を見て、高沢もまた安堵する。早乙女がいるといないとでは、安心感がまるで違う。自然と微笑んでしまっていた高沢を見る早乙女の頬に、みるみるうちに血が上ってくる。

「だからよ！　笑うなっつってんだろうが！」

「笑ってたか？」

早乙女が赤い顔のまま怒鳴るのに、気づかなかった、と高沢は目を見開き、己の頬へと手をやった。

「気づいてねえのかよ」

早乙女は呆れた顔になったが、またすぐ、

「まあいいか」

と話を変えた。

「ともかく！　明日は白衣だ。小物はやめとこう。しかしなんつうか、組長の性癖を探っているみたいで複雑だぜ」

「性癖？」

自分が当てはめた漢字とあっているだろうか。しかしなぜ白衣が『性癖』となるのか。疑問を覚えはしたが、早乙女が「なんでもねえよ」と話を打ち切ったのと、そこまで興味を持てなかったため高沢はそのまま疑問を流したのだった。

しかし翌朝、早乙女が用意した『白衣』を着用してみて、高沢はやはり変ではないかと鏡の中の自分を見やり首を傾げてしまった。

「なんだよ」

「いや……医者でもないのに白衣はやはり不自然じゃないか？」

白衣の下にはワイシャツとネクタイという姿である。お見送りにこの姿で出た場合、櫻内は勿論、組員全員から奇異の目で見られるのでは、と、今更のことを考えていた高沢に、早乙女が不満げな顔で反論してくる。

「不自然っていえば今までの衣装も充分、不自然だろうがよ」

「まあそうだが……」

チャイナ風の衣装もあればスペインの闘牛士風の衣装もあった。どれも日常からかけ離れた服装だったため、逆に違和感を覚えずすんでいたのか、と改めて高沢は気づいた。

「恥ずかしいなら眼鏡《めがね》でもかけとけや。なりきりだよなりきり。コスプレなんだからよ」

早乙女は自棄になったようにそう言うと、高沢に縁無しの眼鏡を差し出してきた。伊達《だて》眼鏡で度は入っていないと、かけてみてわかる。

「さあ、行くぜ」

眼鏡などかけたことがないので、自分としては似合っているのか、それとも妙なのか、判断がつかない。妙なら早乙女が外させるだろうと、高沢は思考を手放すと、早乙女に急《せ》かされるままエントランスへと向かった。

高沢が登場すると明らかに場はざわついた。やはり変だったか、と思ったものの、今更着替えることはできないと高沢が諦めたそのとき、エレベーターの扉が開き、櫻内が降り立った。

「コスプレか」

高沢を見て開口一番、櫻内はそう言ったかと思うと、視線を早乙女へと向けた。

「眼鏡はやりすぎだ」

「す、すいやせん……っ」

早乙女がしゃちほこばった様子となったあと、深々と頭を下げる。

「いや、朝から楽しませてもらった」

櫻内の機嫌がよさそうなことに高沢は安堵しつつ、頭を下げた。

「いってらっしゃいませ」

「裕之」

櫻内に名を呼ばれ、顔を上げる。

「はい」

「眼鏡は俺以外の前ではかけるなよ」

「え？」

意味がわからない、と目を見開いた高沢へと櫻内は手を伸ばしてきたかと思うと、身構えた高沢の顔から眼鏡をすっと引き抜いた。そのままツルを折りたたんだそれを差し出してくる。

「？」

意図はわからなかったが、受け取れということかと高沢は眼鏡を受け取った。と櫻内はそんな彼にニッと笑いかけてから、

「行ってくる」

と言葉を残し、エントランスへと向かう。

「いってらっしゃいませ。あなた」

櫻内にだけ聞こえるように『あなた』を加えると、櫻内は振り返って満足そうに微笑み、頷いてからドアを出ていった。

わけがわからないながらも頭を下げ、高沢は櫻内を見送った。開いたドアの向こう、外では運転手の神部が恭《うやうや》しげに頭を下げつつ櫻内のために車の後部シートのドアを開いている。

あの神部が裏切り者だとは。どうにも信じがたい、と高沢は彼を凝視しそうになり、慌てて目を逸らした。これから罠にかけようとしていることを気取られるわけにはいかないと思ったからだが、それにしても、と、考え込んでしまう。

神部が蘭丸を唆したという話を知っているのは今のところ櫻内と高沢の二人だけだった。どのようにして罠をしかけるか、勿論考えてはいたが、単独では少々心許ないとも思っていた。

『チーム高沢』に相談することも考えたものの、単細胞を絵に描いたような早乙女を御せる自信がなかったため思い留まった。

神部が本当に裏切り者であるのなら、一刻も早く暴きたい。運転手である彼は常に櫻内の傍にいる。彼がその気になれば、車を大破させるなどして櫻内の命を奪うことも可能なのである。

それがわかっていていて命を預けている櫻内がいかに豪胆であるか、今更思い知らされる、と密かに溜め息をついた高沢は、見送りを終え部屋に戻ろうとしていたのだが、背後から声をかけられ振り返った。

「医者のコスプレか？　高校の化学の先生っていうのもアリかな」

「峰、戻ったのか」

からかう気満々で声をかけてきたのは峰だった。

「ああ。今日から『チーム姐さん』に復帰するぜ」

峰はそう笑うと、高沢と並んで歩き始めた。

「これから射撃訓練までの間、話せるか？」

峰が高沢の顔を覗き込む。三室絡みの話だろうかと思いつつ、高沢のほうも相談したいことがあったため「勿論」と頷くと、そのためにはと、あとに続いていた早乙女を振り返った。

「三田村の手伝いに回ってもらえるか？　今日は人数が多いと聞いている」

「邪魔者扱いしやがって」

早乙女は文句を言いはしたが、何かを察したようで素直に高沢の指示に従った。峰の用件は三室のことであり、聞けば不快になると予想したのかもしれない、と高沢は早乙女の後ろ姿を見送った。

部屋に入ると高沢は峰に、

「先に俺から話していいか」

と問いかけ、峰を驚かせた。

「いいけど、どうした？」

「お前の力を借りたい」

「俺の？　力？」

戸惑った様子となった峰だが、すぐに笑顔になると、わかった、というように頷き、口を開いた。

「青柳組長が爆弾を落としていったらしいな」

「察しがいいな」

さすがだ、と感心してしまっていた高沢に峰が苦笑してみせる。

「そのくらいわからないでどうするよ」

「いや、俺ならきっとわからない」

「嘘をつけ。お前の検挙率の高さはずば抜けていた。察しが悪い奴にできる芸当じゃない。しかも組織内で浮いていたのに」

峰がむっとしたように高沢を睨む。

「俺の検挙率をよく知ってるな」

「知ってるって。お前は目立ってたんだよ。オリンピック選手候補だぞ。それに……」

と、ここで、峰が言葉を途切れさせる。バツの悪そうな顔を見て高沢は彼が何を言いかけたのかを察した。

確かに自分は悪目立ちしていた。理由は将来有望なキャリアと——西村と懇意にしていたから。西村の名を出すことを躊躇ったらしい峰に対し、高沢は敢えてそこは何も触れずに流すことにした。

「昔のことはいい。それより今の話をしよう」

「ああ。何をすればいい？」

峰もまた話題に戻ることなく、話を先に進める。

「その前に、『爆弾』の内容についてだが、一応説明する。蘭丸を唆した人間が組内にいた」

「誰と当てたいとかは言わない。時間の無駄だ。誰だった？」

淡々と問いかけてきた峰に高沢もまた淡々と答える。

「運転手の神部だ」

「……なるほど。そこは予想外だった」

意外そうに目を見開いた峰に対し、それこそ意外だ、と高沢もまた目を見開く。

「誰だと思ったんだ？」

「ここだけの話……三田村かと」

「えっ」

『チーム高沢』の一員ではないか、と高沢は驚いたせいで思わず声を漏らしてしまった。

「疑っていたのか？　三田村を？」

「蘭丸が信用する相手だからな。一番疑わしいのは早乙女だが、あの単細胞に策略は無理だ。ならばお前の身近にいる人間と考えた。しかし神部か。お前の近くじゃなく、組長の極近いところにいる人間じゃないか。運転手歴も長かったはずだ。その彼が裏切り者とは……」

半ば呆然とした様子だった峰だが、すぐ、我に返ったように問いを発してきた。

「組長はどういうリアクションだった？　驚いていたか？」

「平然としていた。織り込み済みだと」

「さすがだな。とはいえ、これが組長じゃなければ、負け惜しみと思ってしまうかも」

「確かに」

櫻内だからこそ、その疑いを抱かなかったわけで、と、高沢は今更のことに気づいた。

「しかし裏切り者とわかっている相手に運転手を務めさせ続けるなど、危険すぎる。もし、相手に気づかれたらその瞬間に殺される可能性が高いぞ」

「組長であれば気づかれるようなことにはならないとは思うが……」

「気づかれていなくても危険ではあるけどな」

峰が首を横に振り、溜め息を漏らす。

「それで早めに解決したいと、そういうわけか」

「ああ。罠をしかけたい。黒幕を探るために」

「黒幕な。想像がつかん。やはりチャイナマフィアなんだろうか」

峰は難しい顔となる。

「奥多摩の射撃練習場を狙ったのもチャイナマフィアだし、組長とは付き合いが深かった風《かざ》間《ま》を取り込んだのもチャイナマフィアの可能性が高い。しかし神部は組に来て長いんじゃないか？」

「十年と言っていた」

「最近、取り込まれたのか、それとも長年裏切り続けてきたのか。櫻内組長が見逃すわけがないから最近のことなんだろうな、やはり」

高沢に問いつつも一人で納得していた峰だったが、すぐ我に返った様子となると、

「それで？　どういう罠をしかけるつもりだ？」

と改めて問うてきた。

「それを相談したかった」

「なんだ、ノープランか」

高沢の答えに峰がわざとらしくずっこける。

「いや、大筋の流れは考えている。俺が囮《おとり》になる。一人で神部の車に乗れば、何かしらのアクションを起こすと思わないか？」

「思う……が、さすがに組長の許可は下りないだろう」

「許可は得ている」

「お前が身体を張るのを、組長が許すはずがない」

「俺が罠を張ると言ったら許してくれた」

「人質は俺にしておけ。神部が攫いたくなるような付加価値を考えればいい」

「その時間が惜しい」

今この瞬間にも組長の命が狙われる危険があるかと思うと悠長には構えていられない。今更焦ったところで遅いと頭ではわかっているが、焦らずにはいられない、という高沢の気持ちは峰にも伝わったらしい。

「しかし、お前に万一のことがあれば、それこそ組長は黙っていないぞ」

伝わった上で、尚も渋ってみせる彼を説得すべく、高沢は彼にしては珍しく饒舌に語り続けた。

「青柳組長を信用していないというわけではないが、神部のバックにいる団体がどういったものかわからない以上、蘭丸の口から神部の名が出たことが伝わる可能性は否めない。神部が焦ってことを起こさない保証はないんだ。組長の身の安全を守るために、明日にも動きたい。神部がひっかかる可能性が一番高いのは俺が囮になることだ。まずは俺が神部の車に一人で乗る状況を作り出すアイデアを共に考えてほしい。神部が罠にはまったあと、彼をいかにして捕らえ吐かせるか、そこも相談したい」

「もう俺が止めても聞く耳を持ってもらえないようだな」

やれやれ、というように峰が溜め息をついたあとに、恨みがましい目を向ける。

「組長にはお前から計画を話せよ。俺が主謀者と勘違いされた日には、その場で撃たれかねない」

「それはない。お前は信頼されているのだから」

言ってしまったあと高沢は、我ながら棘《とげ》のある表現をしていることに驚き、息を呑んだ。

「どうした？」

峰には『棘』が伝わらなかったのか、不思議そうな顔で高沢を見返してくる。

「なんでもない。それより計画を詰めたい。どうしたら俺は一人で自然に神部の車に乗れる？」

「そうだな……」

峰は一瞬訝しそうな顔をしたものの、すぐ、考え考え喋《しゃべ》り始めた。

「組長は神部の車に乗らないという状況を作る必要がある。手っ取り早いのは組長が在宅していてお前だけが出かけることだが……ああ、そうだ。奥多摩の射撃練習場に行くのはどうだ？　今後、射撃訓練を奥多摩でもすることになり、その初日の訓練には組長も同行する予定だったのが、何かで組長の気が変わり、お前が一人で行くことになった。『チーム高沢』は前乗りで奥多摩に行っているので組長が神部にお前を託した――というのは？　無理はないかと思うが」

「確かにそれなら無理がない。組長の協力がいるな」

それでいこう、と頷いた高沢に対し、峰は複雑な表情を浮かべていた。

「しかし罠と気づかれた場合、お前の身に危険は迫る。やはりお前が自ら囮になるのはハイリスクじゃないか?」

「俺もボディガードだ。自分の身くらいは自分で守れる」

峰もわかっているだろうに、と高沢はそう答えたのだが、それを聞いた峰はまた、やれやれといった顔で溜め息をついてみせた。

「もうボディガードじゃない。『姐さん』なんだよ、お前は」

「俺は俺だ。姐さんだろうが自分の身は自分で守る。それでは駄目か?」

『姐さん』という立場は、自分がなろうと思ってもなれるものではない。若頭などの幹部職同様、組長に任命された上で、組の組織員がそれを受け入れて初めてつけるポジションなのではないかと思う。

組長の『妻』イコール『姐さん』という見方もあろうが、まず同性である自分は『妻』にはなれない。それだけにやはり組内で認められるということが重要になるのではないかと高沢は思っていた。

ともかく、『姐さん』であることに、自分の身を自分で守る能力があるか否かということは、少しも影響しないのではないか。口下手な高沢ゆえ、自身の思いを語るには少なすぎる言葉となったが、峰は今回も無事に読み取ってくれたらしかった。

「俺は駄目出しできる立場にはいないからな。組長に聞いてみよう」

そう言ったかと思うと峰は少し擽《くすぐ》ったそうな顔になったものだから、なぜそんな表情をと高沢は思わずその顔を注視してしまった。

「なんでもない。ただようやくお前も『姐さん』として腹を括《くく》ったのかと思ってな」

「え？」

なぜそんなことを言われるのか、咄嗟に意味を解することができずにいた高沢だったが、峰の指摘で自身の発言を改めて思い出した。

「今言ったじゃないか。『姐さんだろうが自分の身は自分で守る』って」

「ああ……そうだな」

言葉のあやだ、と答えようとした高沢の頬に、自然と血が上ってくる。

「照れるな」

「照れてはいない」

揶揄され、反論はしたが、ますます血が上ってくる頬の赤みを持て余していた高沢は、自分が照れているという事実を受け入れざるを得ないことに戸惑いを覚えていた。

9

峰と高沢で考えた計画は翌日には実行されることになった。櫻内に報告した際、峰が案じたように反対されることこそなかったが、櫻内は次々と鋭い質問を投げかけてきて、二人の計画の穴をきっちり埋めてくれた。

計画どおり、その日の射撃訓練は奥多摩で行われることとなり、峰と三田村、それに早乙女は下準備のために青木の運転する車で先に奥多摩へと向かった。

高沢はあとから櫻内と共に奥多摩入りする予定だったが、『予定どおり』櫻内に八木沼から少々込み入った件で打ち合わせがしたいと連絡が入ったために家を出ることができなくなり、高沢は櫻内の指示で、彼の車を使って――神部の運転で、奥多摩入りすることになった。

「コレが、射撃訓練に集まった組員たちを待たせるわけにはいかないとごねるからな。時間どおりに到着できるよう頼んだぞ」

出発時間に、櫻内は高沢を見送りがてら神部にそう声をかけ、神部はしゃちほこばった様子となりつつ、

「かしこまりました」

と九十度の角度のお辞儀で頭を下げていた。

これが演技なのだから凄い、と感心しそうになるのを堪《こら》えると高沢もまた神部に、

「お願いします」

と丁寧に頭を下げ、神部がドアを開けてくれた後部シートに乗り込むと、窓を開けて櫻内に声をかけた。

「それでは行ってきます」

「お前の指導ぶりを見たかったが残念だ」

そう告げた櫻内の手が伸び、高沢の顎を捕らえたかと思うと、身を屈《かが》め、唇に唇を寄せる。

既に運転席に乗り込んでいた神部はいつものように前を向いたまま無反応を貫いていたが、背後を窺っている気配は伝わってきた。

「ん……」

キスは軽くはすまず、きつく舌をからめとられたまま、数十秒のときが流れる。一人で行かせることに関して、詫びとそして別れがたさを狙っているということだろうかと、高沢は察したあとに、普段の自分のリアクションをすべきかとようやく気づいた。

神部の目を気にし、キスを中断したがる。羞恥を覚えているところを見せないのは不自然である。それで高沢は首を横に振り、なんとかキスを中断させた。

「なんだ、そんなに早く行きたいのか？」

櫻内がわざとらしく揶揄してくる。しかしこのわざとらしさは『いつもどおり』を狙った演技だと高沢は察し、それに乗るべく口を開いた。

「組員を待たせたくない」

「真面目だな」

またも揶揄する櫻内を前に高沢はどうリアクションを取ればいいのか、素で困ってしまっていた。が、それこそが『いつもどおり』のリアクションではないかと気づき、それを引き出してくれた櫻内に対してつい、賞賛の目を向けそうになった。

「……いってくる」

寸前で我に返り、いつものようにぼそぼそと挨拶の言葉を口にしたあと、神部に声をかける。

「すみません、出発していただけますか？」

「かしこまりました」

神部の口調も丁寧だった。思えば神部の車に乗った回数は何度と数え切れないほどあるが、会話を交わしたことはさほどない。神部が誰かと会話をしているところも、あまり見たことがないなと、今更のことに高沢は気づいた。

運転席に神部、助手席に早乙女、後部シートは櫻内と自分というパターンは多かったというのに、と、過去の記憶を辿る。何か話しかけてみるか。しかし普段と違うことをして訝しがられたら、せっかくのチャンスをふいにすることになる。奥多摩到着までは充分時間がある。今は様子を見ることにしようと高沢は心を決めると、敢えて運転席やバックミラーを見ずに過ごしていた。

十分ほどすると、神部のほうから高沢に声をかけてきた。

「高沢さんをこうして一人でお乗せすることは今まで殆《ほとん》どなかったような気がしますね」

「そうですね」

これはチャンスということか。それとも車内の沈黙に神部が耐えられなくなっただけか。判断はつかなかったが高沢は彼との会話に乗ることにした。

「高沢さんも専用の運転手がいますしね。今の運転手は青木でしたっけ」

「……っ。はい」

息を呑みそうになるのを堪え、返事をした高沢が動揺した理由は、神部の言葉の『今の』という単語にひっかかりを覚えたからだった。

これは前の運転手、蘭丸の話題に繋げるきっかけになるのでは。そう思う一方で、罠ではないかという可能性も捨てきれない。

どうするかと迷ったのは一瞬だった。とにかく、疑われないこと。それだけを胸に刻み、応対することにした。

「青木もよくしてくれています」

話を続けてみよう。『はい』『いいえ』だけでは会話は膨らまない。それに青木の名が出たのも気になる。まさかとは思うが、青木も既に神部に取り込まれている可能性はないだろうか。

相手の一挙一動、会話の一つ一つを観察することで裏を読もうとする。刑事の頃は日常的にやっていたことじゃないかと気持ちを奮い立たせ、会話を続ける。

「しかし本人的には、俺の運転手を務めるよりも、他にやりたいことがあるんじゃないかと、それを案じています」

「櫻内組長にとって唯一無二であるあなたの運転手を嫌がる組員がいるとは思えませんけどねえ」

神部が阿《おもね》るようなことを言う。そんなタイプの男だっただろうかと、内心首を傾げながらも高沢は、

「だといいのですが」

と微笑んだ。その瞬間、神部の肩がびくっと震え、バックミラー越しに彼と目が合う。笑みがぎこちなく見えたのだろうかと、高沢は内心ぎくりとしながらも話を変えて続けることにした。が、とっさには何も浮かばない。リカバリーは諦め、口を閉ざしていたほうがいいのか。張った罠に落ちてもらうには、些細《ささい》な疑いすら抱かれるわけにはいかない。

緊張していることは表情に出さないようにしなくてはと、高沢は視線を車窓へと向け、外

の何かに注目しているふりをした。と、またも神部のほうから高沢に声をかけてくる。

「今日、高沢さんのボディガードはなぜ一緒に乗らなかったんです？」

「峰は射撃訓練の準備のため、奥多摩に先に行ってもらっているんです」

予想していなかった問いに高沢の緊張は一気に高まった。もしや罠と見抜かれているのか。それともこれから行動を起こすための確認か。身構えていることを悟られないよう心がけながら高沢は淡々と答えていった。

「準備ですか。これからも奥多摩で指導されるんですか？　組員たちに銃を」

「おそらく……常駐はしないと思いますが」

「常駐されていたときもありましたね、確か」

神部が思い出した声を上げる。

「あのときは驚きました。まさか組長が許すとは思わなかったので」

「そう……ですか」

神部がやけに饒舌なことに、高沢は気づきつつあった。もしや罠にかけることに成功したのかもしれない。人は誤魔化したいことがあると必要以上に口が滑らかになる。

いい兆候だと心の中で呟《つぶや》いた高沢だったが、続く神部の言葉には先程同様、ぎくりとしてしまったのだった。

「実は今日も驚いているんです。組長があなたにボディガードをつけなかったことに。峰以外にもボディガードはいるというのに」

「俺が不要だと言いました。俺もボディガードですから」

油断をさせておいて斬り込んでくる。気を抜くわけにはいかないと改めて自身に言い聞かせ、それらしい答えを返す。

「確かに。高沢さんはボディガードとして雇われたんでしたね」

神部は高沢が組に来たときのことを知っている。常に組長の傍にいる彼は誰より組のことに詳しい存在といえるだろう。チャイナマフィアが引き込むのに格好の人物だと、今更実感しながら高沢は、この問いなら特に不自然ではないかと案じつつも問うてみることにした。

「神部さんは運転手として組に入ったんですか？」

「ええ。所属していたハイヤー会社が倒産しましてね。それでスカウトされたんです。とはいえ私は高沢さんのように組長自らスカウトしてくださったわけではないですが」

「ハイヤー会社……そうだったんですね」

意外な経歴だと、そんな場合ではないとわかりながらも高沢はつい、感心してしまっていた。が、すぐに我に返り、質問を続ける。

「組長の運転手になったのは？」

「若頭になられて少し経《た》った頃、専属にならないかと声をかけていただきました。六、七年前になりますか」

「六、七年。結構前ですね」

「確かにそうですね。しかし体感的にはあっという間でした。ああ、いや、そうでもないか」

バックミラー越しに神部が高沢に笑いかけてくる。

「最初のうちは緊張しっぱなしでした。さすがに今は慣れていますが、それは年月のおかげでしょうね」

「そうですか」

高沢はもともと、会話が苦手である。人間関係にまったく興味がなかった彼は、心地よい会話を続けるためのノウハウを身につけていなかった。

『そうですか』では会話が終わってしまう。しかし『信頼関係が築けているのですね』といったお世辞のような言葉を無理矢理告げたとしても、疑われるばかりで効果的とはいえないだろう。

自分は神部について、その人となりなど、ほぼ知らない。しかし神部はそうではない。今まで神部の運転する車の中で、櫻内と交わした会話、そして――行為。それらから二人の関係性も、そして思考や行動の何もかもを、神部は見ていたに違いない。今、自分を見ているあのバックミラー越しに。

と、ここで高沢は、車窓の風景が射撃練習場に向かう道ではないことに気づいた。

「神部さん、この道であってます?」

黙っていたほうがいいかと迷ったが、さすがに気づかないほうがわざとらしいかと、高沢は敢えて問いかけてみた。

「ナビによるといつもの道は工事渋滞をしているようだったので」

神部は即座に答えを返してきた。が、彼がナビを操作していた様子はない。家を出る前にチェックをしたという可能性はあるが、と思いつつ、

「そうなんですね」

と相槌を打った高沢は、この先の展開を考えていた。

もしもこのまま自分を拉致するつもりだった場合、神部が次に取る行動はなんだろう。まずは銃を携帯しているか確認してくるのではないだろうか。携帯していないとわかれば攻撃をしかけてくる？　彼自身が銃を持っていればそれもある気がする。しかし銃を構えながら運転はできないであろうから、途中、誰かを乗り込ませるのではないだろうか。

「高沢さん、申し訳ありません。エンジンから異音がするようです。近くのスタンドで点検をしたいのですがよろしいでしょうか。なに、時間は五分もかかりません。訓練開始の時間までには必ず奥多摩の射撃練習場に到着するようにしますので」

と、そこに神部がハンドルを握りながらそう声をかけてきた。

まさにこれが彼による『罠』。ガソリンスタンドには仲間が待機しており、車に乗り込んでくるのだろう。

「わかりました」

『よろしいでしょうか』と聞かれはしたが『ノー』と言うのは実に不自然である。自分一人であれば身の危険を感じ、承諾するのを躊躇ったかもしれないが、今、高沢には頼るべき頼もしい仲間がいた。

車に乗り込んだときからの会話はすべて、高沢が身につけている小型マイクから拾われ、峰の耳に届いているはずだった。加えてスマートフォンのGPS機能はオンになっているので、追跡は容易《たやす》くできることになっている。

その上で峰はこの車を尾行していた。ガソリンスタンドで拉致されそうになったとしても、駆けつけ、助けてくれるだろう。それに自分もまた拳銃を所持している。自分の身を守ることくらいはできる——はずだ。

そもそも自分は人質とされるのだろうから、殺されることはあるまい。その時点で優位に立てる。そう。西村のように自分を殺すことが目的ではないであろうから。しかも西村のように自身もまた死のうなどと、考えているはずもない。

西村のように——自分の思考がいつの間にか西村へと傾いていることに気づき、高沢は愕《がく》然《ぜん》とした。それで息を呑んでしまったのだが、ずっと高沢をバックミラー越しに観察でもしていたのか、神部が声をかけてきた。

「高沢さん、どうしました？　顔色が悪いような」

「そうですか?」

ぎくりとしたが、なんでもないふりを貫くことにする。こうして様子を窺っているあたり、やはりいよいよ仕掛けてくるということだろう。察しただけに高沢は、できるだけ不自然な振る舞いはすまいと心に決め、適した会話をしようと彼のほうから話しかけた。

「素人の俺には、エンジンの音の変化がわかりませんでした。組長を狙って、誰かが何かをしかけたといったものではないですよね?」

信頼していることを暗にアピールするべく、話題をエンジンに絞る。

「ええ。整備もきっちりしていますが、たまにこの車、異音が発生することがあるんです。おそらく今回も問題はないかと思いますが、『姐さん』を乗せているだけに、問題ないことを確かめておきたくて」

「なるほど。それで五分ですむと」

「ええ。何か問題があった場合には急遽他の車をご用意しますが、この感じだとその必要はなさそうです」

「神部さんまで『姐さん』などと……勘弁してください」

「皆、言ってますからね。まあそれだけ組長のご寵愛《ちょうあい》が深いということなんですから」

仕方ないですよ、と神部が笑う。

「私としてもなかなか感慨深いものはあるんですよ。あの高沢さんが姐さんとは、と。こちらにいらしたばかりのことを思うとね」

神部からそんな話題を振ってくるとは。彼としてはもう、自分を手中に収めたつもりでいるのかもしれない。

それなら作戦は成功している。あとはガソリンスタンドに連れ込まれ、拉致されそうになったタイミングで峰に乗り込んでもらえばいい。自分を拉致しようとした動かぬ証拠を押さえ、主謀者を吐かせる。神部の口を割らせることは果たしてできるだろうか。まさか自死は選ぶまい。

そんなことを考えているとはおくびにも出さず、高沢は会話を続けた。

「神部さんには、俺が組に来たときから世話になっていますからね」

「いや、私は何も。でも、昔の高沢さんがどうだったかという話はよく聞かれます。ああ、悪い話じゃないですよ。どちらかというとロマンス系ですね」

「ロマンス？　というのは？」

適当に話題を流すつもりが、思いもかけない単語が出てきたことに高沢は戸惑い、つい問い返してしまった。

「いやなに、いつから組長は高沢さんに目をつけていたか、とかですよ。ご寵愛はいつからなのかとか、どういう感じなのかとか。お二人の馴れ初めを聞かれることもありますね。しかし私には知りようもないんですが」

「……はあ……」

本当にそんなことを皆、聞きたがっているのだろうか。からかわれているだけか。どちらにしろ神部がそのような軽口を叩くのはやはり不自然だと高沢は改めて確信した。

「まだエンジンから異音がしますか？」

これ以上、この話題を引っ張るのは居心地が悪すぎる。それで高沢は再びエンジンへと話を戻した。

「そうですね。少し……」

「何事もないといいんですが」

「大丈夫でしょう。おそらく。ああ、あのガソリンスタンドです」

神部が肩越しにちらと高沢を振り返り、そう告げる。

いよいよか。

「手短に頼みます」

少しも疑っていないことを態度で示さないと。そう思いながら答えた高沢に、神部は今度はバックミラー越しに、

「ご安心を」

と笑ってみせる。よし、と、作戦の成功を確信した高沢が密かに拳を握り締めたそのとき、バックミラーに映る神部の目が不意に厳しくなった。

「あれは……峰？」

『あれ』とは。振り返って確かめるべきなのだろうが、咄嗟に高沢は動くことができなかった。が、すぐに我に返ると、

「峰？」

とリアウインドウを振り返った。

「峰は先に奥多摩に行っているということでしたよね？」

しかし既に神部を欺くことはできなかったらしく、神部が後部シートを振り返り、高沢に確認を取る。

「はい。峰は奥多摩にいるはずです」

暗に見間違いではないかと、我ながら苦しい返しをしたあと高沢は、この会話を聞いた峰はどう反応するかと再び背後を振り返った。峰の車が今、一台他の車を挟んだあとを走っていることを確認する。

神部は既に前方へと視線を戻していた。声をかけるべきか。高沢が一瞬躊躇《ちゅうちょ》したその直後、神部がアクセルを踏み込む。

「……っ」

車が急速に加速したことで、軽くGがかかる。追い越し車線へと車線変更をし、スピードを上げていく神部はどうやら峰の追跡を振り切る決意を固めたらしかった。

神部が示していたガソリンスタンドを通り過ぎる。そこには彼の仲間はさほどの人数待機していなかったということだろう。もしやこのまま彼の目的地まで――チャイナマフィアのもとに連れて行こうとしているのか。多少の危険は伴うが、敵の正体を見極めるチャンスではある、と高沢は連れ去られるのもありかという気になった。

それを峰に伝えておこうと、神部に声をかける。

「神部さん、どうしたんです？　ガソリンスタンドは過ぎました。どこに向かっているんですか？」

多少わざとらしいという自覚はあった。しかし何も聞かないほうが不自然である。果たして神部はどう反応するかと身構えたが、神部の取ったリアクションは『無視』だった。

車線変更を頻繁にしながら、尚も加速していく。一般道であるのに既に一〇〇キロ近い速度が出ているのでは。すぐにもパトカーが飛んできそうだと、高沢は堪らず身を乗り出し、運転席のシートを摑んだ。

「神部さん、警察が来ます。捕まるわけにはいきません」

今、高沢は銃を所持していた。警察にそれを見つかれば逮捕は免れない。速度を落としてほしいと訴える高沢に対し、神部はやはり何も答えようとしなかった。

一心に前を見てハンドルを握っている。リアウインドウを振り返ると、同じスピードで峰の車が追ってきているのがわかった。運転席の峰はサングラスをしてはいるが彼であることはもう、誤魔化しようがないほどはっきり認識できる。

「神部さん！」

と、神部がウインカーも出さず、左折した。クラクションが響く中、ドリフトしそうになった車体が一瞬浮き、そのまま細い道を神部の運転する車は疾走していく。

運良く通行人はいないが、このままでは事故を起こしかねない。峰は曲がりきれなかったようであとに続いてはいない。今なら話を聞いてもらえるかと高沢は神部に訴えかけた。

「取り敢えず車を停《と》めてください。神部さん」

しかし神部は高沢を無視したまま、速度もさほど落とすことなくハンドルを握り続けている。

人気《ひとけ》のない道を選んでいるようで、次第に民家の数は減り、どうやら山道に向かっているようである。どこに行こうが峰は高沢のＧＰＳで行方《ゆくえ》を追えることに彼が気づいていないのは、ある意味幸運ではあった。

神部に気づかれぬよう、峰に、このまま目的地まで向かわせる作戦に変更する旨を伝えたい。それにはなんと声をかけるかと高沢が頭を働かせていたそのとき、ちょうど通り過ぎた路地から峰の車が飛び出してきて、ぴたりと背後についた。

神部はすぐに気づき、舌打ちすると更に速度を上げようとする。

「神部さん！」

高速を保ったまま神部はまた目の前の路地を右折した。走行していた車と衝突しそうになり、相手の運転手がぎょっとした顔で急ブレーキを踏む様があっという間に後方へと過ぎていく。クラクションの音がまた響くも、神部は一切気にする様子を見せず、無言のままアクセルを踏み続けている。

峰の車はどうやら右折を阻まれたようで、なかなか後方に姿を現さなかった。この機会にと高沢は神部の説得にかかった。

「一体何をしようとしている？　俺をどこに連れていくつもりなんだ？　一体なんのために？　誰の差し金で動いている？」

敬語はやめ、詰問調で問いかける。しかし神部は舌打ちするだけで答えようとはしなかった。最早神部は取り繕うのをやめている。ならば、と高沢は、切り口を変え神部を問い詰めることにした。

「蘭丸を焚《た》きつけたのは本当にお前なのか？　組長の命を奪うことが目的か？　一体誰に頼まれた。チャイナマフィアか？　それとも国内の団体か？」

「……っ」

蘭丸の名を出したことで神部は一瞬動揺したように見えた。が、やはり口を開くことなく、更にアクセルを踏み込む。

随分と街中を離れ、道の左右には畑が広がっている。走行しているのは車が擦れ違う余裕のほぼない一本道で、今は運良く車通りがないからいいものの、対向車でもくれば正面衝突しかねない。

「頼むからスピードを緩めてくれ。事故を起こせば元も子もない。お前は俺をどこかに連れていこうとしているんだろう？」

「ちょっと黙ってくれ！　いらついて仕方がない！」

と、ここではじめて神部が口を開いた。今迄《いままで》の彼の口調とはまるで違う、吐き捨てるような声音は、高沢が今まで聞いたことのないものだった。

そう。今まで高沢にとって神部は神部という人格を持った相手ではなかった。櫻内の運転手。役職としての彼の姿しか見ていなかったので、人となりなど知る由もなかったのである。

当たり前のことだが彼にもまた感情がある。野望もあろう。そのことに今、気づく自分に高沢は落胆していた。

もともと、高沢は他人に対して興味を持つことができない。人だけでなく、あらゆるもの、事象に関しても、興味を覚えることがまずなかった。もし人の心の機微に少しでも興味を抱いていれば、気づきもあったのだろう。出会ってからかなり長い時間が経つというのに、こうした状況になるまで神部の人となりを少しも知ることのなかった自分を今更のように高沢は反省していた。

しかし今は悠長に反省している場合ではなかったとすぐさま気持ちを切り換え、尚も神部に速度を落とした安全な走行を促そうとしたそのとき、パトカーのサイレン音が次第に近づいてくることに高沢は気づいた。

スピード違反に危険運転。通報されたのだろうと察し、高沢は背後を振り返った。パトカーが二台、サイレンを響かせながら次第に近づいてくるのが見える。

「チッ」

神部は舌打ちし、更にスピードを上げようとした。恐れていたことが起こりつつある。逮捕を免れるためには逃げ延びるしかない。が、警察車両を振り切ることなどできるだろうかと案じていた高沢だったが、ちょうど道が突き当たりのT字路となっていたその右から、数台のパトカーがサイレンを鳴らしながらやってくるのを見ては諦めざるを得なくなった。

待ち伏せをされては逃げようがない。パトカーはT字路を塞ぎ、神部の車を待ち受けている。後方から二台、先方に二台。スピード違反だけで済めばいいが、菱沼組の車とわかればそういうわけにはいくまいと高沢は腹を括った。

しかし神部は逃げ切るつもりのようだった。再度舌打ちをすると更にアクセルを踏み込み、パトカーに体当たりさせる勢いで向かっていく。

「神部！　停めろ！」

最早、逃走は諦めるしかない。第一衝突すれば走行不能となる。そのくらいのことがわからない神部ではあるまい。どうやら彼は直前でハンドルを切り、逆方向に進もうとしているのではと高沢は察した。パトカーもまたそれを察したのだろう、バックをしかけたが、そこに神部が突っ込んでいく。

神部はパトカーを避《よ》けることには成功した。が、急な方向変換のせいでタイヤが取られ、制御不能となった車はスピンしたままコンクリートの壁へと突っ込んでいった。

当然ながら神部はブレーキを踏んだが、間に合わなかった。そのままの勢いで車は壁に衝突し、物凄《ものすご》い衝撃を全身に受け、高沢の意識は遠のいた。

終わった。これで——。パトカーのサイレン音を聞きながら、霞《かす》んでいく視界の先、エアバッグに突っ伏す神部の血まみれの頭が見える。命はあるのだろうかと見極めるまでには至らず、自身もまた車内のどこかに頭を強打したため、高沢はそのまま意識を失ってしまったのだった。

目覚めたとき、高沢の目に飛び込んできたのは、見覚えがあるようでない白い天井だった。

「おい、大丈夫か」

続いて視界に入ったのは峰の心配そうな顔で、一体ここは、と周囲を見回す。

「病院だよ。酷い目に遭ったな」

「病院……」

ぼんやりしていた意識がもどり、記憶が蘇ってくる。慌てて身体を起こすと高沢は、峰に向かい勢い込んで問いかけた。

「神部は⁉　死んではいないよな？」

「ああ。警察に逮捕されたが、生きてはいるようだった」

「……そうか……」

あの状況では逮捕を免れることはできなかっただろう。パトカーが四台もいたのだからと溜め息を漏らした高沢だったが、すぐ、なぜ自分は逮捕を免れているのだという疑問に気づいた。

「事故の直後に俺も運良くあの場に到着したんだ。事故のどさくさに紛れてなんとかお前を連れ出した。いや、苦労したよ。共に乗り付けた別の車に事故を起こさせて注意をそちらに向けた。相当な綱渡りだったがな」

ニュース、見るか？　と峰がスマートフォンを操作し、画面を高沢へと向けてくる。都下で車二台が大破、一台は炎上、という記事を読んでいた高沢に峰は、

「炎上がコッチな」

と、高沢の読む速度に合わせたタイミングで解説してくれた。

「組所有の車から足が着くことはまずないので、事故を調べられたところで菱沼組には到達しない。そこは心配無用だ。本当にお前が無事でよかったよ。検査が終わったら家に送っていくから。組長には念のため、屋敷から動かないでいてもらっているんだ。逮捕された神部が意識を取り戻しでもしたら、何を喋るかわからないからな」

「神部を救うのは無理だったのか」

「無茶言うな。お前一人でいっぱいいっぱいだよ」

峰が、とんでもないというように目を見開く。

「どれだけ苦労したと思ってるんだ。お前は意識がなかったからわからないだろうけどな」

「悪かった。それで神部の怪我は？　命はあるんだよな？　さっきのお前の言いようだと」

自分が最後に見たときには、血だらけでハンドルに突っ伏していた。生きているのならよかったが、と溜め息を漏らした高沢の耳に峰が溜め息交じりに告げる声が響く。

「ああ、生きているはずだ。しかし結局、神部が誰に操られていたかはわからず仕舞いだ。追及したいが、警察の手中にあっては手を出せないからな」

「神部は組のことを何か喋るだろうか」

櫻内組長の極近くにいたがゆえに、組の内情に通じているといっていい。彼に喋られると組としては相当まずいことになるのでは、と高沢が案じているのがわかったらしく、

「まあ、そうなんだよな」

と峰もまた難しい顔になる。

「重傷ということだったから、今の時点では事情聴取はできていないようだ。体調が回復次第ということになるだろうが、それまでに病院から奪取するか否か……その辺は組長の判断次第だな」

「……そうだな」

頷く高沢の脳裏に、血まみれの神部の顔が浮かぶ。命があってよかったとは思う。しかし改めて考えると彼の行動が今一つ読めない、と首を傾げる。

「神部は何を焦っていたんだろう」

「焦る？」

高沢の呟きに峰が問いかけてくる。

「ああ。奥多摩にいるはずのお前に尾行されていることに気づいた時点で、今日、俺を連れ去る計画を中断しようとは思わなかったんだろうか」

「最後のチャンスくらいに思ったんじゃないか？　罠をしかけられたことで自分が組に疑われていると気づいたんだろう。泳がされているうちにことを進めるしかないと判断したんじゃないか。組から絞め上げられるのは必至だし、それを恐れて逃げ出したところで役に立たない人間をチャイナマフィアが受け入れてくれるとは思えない。追い詰められての行動だったんだと思うぜ」

「なるほど」

確証はないものの、峰の言うことはいちいちもっともで、おそらく彼の言うとおりなのだろうと高沢もまた納得することができた。

「雇い主までは辿《たど》れなかったが、組内の不穏な芽を摘むことはできた。今はそれでよしとするしかないんだろうな」

今度は峰が呟くようにしてそう告げる。相槌を求められたわけではなかったが、

「そうだな」

と高沢は頷き、改めて峰に礼を言った。

「色々すまなかった。ありがとう。助かった」

「お前の身に何かあったら、俺の命も危ないからな」

気にするな、と峰は笑い、

「医者に検査の結果を聞いてくるぜ」

と声をかけてから病室を出ていく。あれだけの事故を起こした車に同乗していたが、どうやら自分に目立った怪我はないようだと、今更の安堵をしていた高沢は、改めて今日の出来事を反芻《はんすう》してみた。

神部は相当追い詰められており、今日を逃すと最早、自分にはあとがないと思っての行動だった。だから無茶をしてでも、自分を『人質』として差し出す相手のもとに届けようとしていた。

峰の車を振り切り、暴走したのもそのためだった。結果、警察に追われることとなり、更に窮地に陥った挙げ句、事故を起こして負傷し、逮捕されることとなった。

にしても。

なんとなくひっかかりを覚えずにはいられない。なんだろう、と、心持ち痛む頭を押さえ、高沢は更に思考を進めようとした。

パトカーが四台。確かに神部の運転は危険を孕《はら》んだものだった。いつ事故を起こしてもおかしくない状態ではあったが、パトカー四台は多すぎるのではないかと思われる。ちょうど近くにいて応援を頼んだのだろうか。しかし未だ事故を起こしていない車を停めるのに、大袈裟《おおげさ》ではないだろうか。

その一方で、自分は峰によって救い出されている。近くで敢えて事故を起こして車を炎上させたというが、それでパトカー四台に乗っている警察官たちの目を欺くことができるものか。

峰の手腕を疑うわけではない。しかし可能かとなるとやはり疑問を覚える。彼は未だ警察との間にパイプを持っている。そのパイプを使って高沢を逃したというほうがまだわかる。そう、だからこそパトカーが四台、あまりに早いタイミングで集まったのではないだろうか。しかしそれを組に明かすわけにはいかない。だから自分をも誤魔化そうとした。

そういうことだったのではないか、と高沢は自身の推察に納得し、頷いた。と同時に、いかにパイプを持っていようが、なぜ警察がそうも峰に対し協力的なのかという新たな疑問にも気づく。

警察内の情報を流す程度のことであれば、それまでの人間関係で協力してくれる相手がいてもそう不思議ではない。現に三室も警察内に情報網を持っていた。

しかし、あれは射撃の教官だった三室の役職ゆえというのもあるのでは。彼に世話になった人間は数多くいる上、同期は年齢的に高い役職に就いている人間も多くいただろう。

峰にそこまでの人脈を構成するだけの機会は果たしてあっただろうか。人好きのする男ゆえ、他人の懐に飛び込むのは得意だろうが、だからといって頼めばなんでもいいなりになってくれるという関係性はまず築けまい。

人脈づくりなど、自分からはまったく遠いところにある話ゆえ想像もできないが、もしかしたら何かを以ってすれば、意のままに動かせる相手を持つことは可能なのかもしれない。しかしその『何か』はたとえば義理といった精神面での繋がりとはやはり考えがたい。高沢にはそうとしか思えなかった。

警察とヤクザの関係は、友好的なものにはなり得ない。逮捕する側とされる側。いわば敵対関係にあるといっていいだろう。

そんな関係性の組織に対し、便宜を図るには、『見返り』があってこそ。いわゆるギブテではないのか。互いに与えるものがあり、得るものがある。単なる情報交換ならまだ『昔のつながり』といった『義理』が通るかもしれないが、パトカーを出動させたり、逮捕せずに逃がしたりすることはさすがに『義理』ではすまないだろう。

義理ではないとすると——。

「……っ」

峰が警察からのテイクに与えられるギブとは。組の情報を流すこと。即ちスパイ行為をしているのではないか。

警察のスパイ、すなわち――『エス』。

もしや峰こそが『エス』なのではないか。

まさか、と愕然としながらも高沢は、今まで考えたこともなかった疑念が胸の中で急速に膨らんでいくのを抑えることができずにいた。

to be continued

溺愛組長

「聞いたで。最近、高沢《たかざわ》君を随分と溺愛しとるそうやないか。ああ、もとからか」

あっはっは、と豪快に笑う八木沼《やぎぬま》を前に、櫻内《さくらうち》は涼しい顔で言葉を返す。

「ええ。もとからです」

「こらええ。そない言うと思うたわ」

またも豪快に笑った八木沼に流し目を送りつつ、彼には感謝せねばならないことがあった、と笑顔で口を開いた。

「そうそう、兄貴からの素敵なプレゼントのおかげで、熱い夜を過ごせましたよ」

「あっはっは、高沢君は実践したんやな。ほんまにやるかどうかは半々やないかと思うとったわ」

それは嬉《うれ》しげに笑ってみせる八木沼の前で、櫻内もまた微笑《ほほえ》み言葉を続ける。

「兄貴の指示をアレに無視ができるわけないでしょう。そんな畏《おそ》れ多い」

「いやいや、ワシに敬意を払ったわけやないと思うで。あんたを喜ばせたかったんやろ。どう考えても」

「そうでしょうかね」

「あんたらしゅうない、えらい弱気やないか」

「ええ。なにせ『溺愛』していますから」

「恋は人を弱気にすると？　ほんまにあんたらしゅうないなあ」

にやにや笑いながら揶揄《やゆ》を続ける八木沼に笑顔を返しながらも櫻内は、実に自分らしいのだがと心の中で自嘲していた。

恋は人を臆病にする。相手の気持ちをいちいち慮《おもんぱか》り一喜一憂するなど、愚かとしか思えない。人に忠誠を誓わせる術《すべ》も、絶対的に服従させる方法も熟知していたが、『好意』という損得勘定なしの感情で人の心を繋《つな》ぎ止めたとしても、いつ解けるかわからない脆《もろ》い絆《きずな》だとしか思えなかった。

まだ、義兄弟や親子の盃《さかずき》といったヤクザの世界の絆のほうが信頼感がある。当然、盃を交わしたところで裏切る人間はいるにはいるが、盃という目に見える儀式があるからか、脆いという印象はない。

男女間であれば『結婚』という儀式がそれにあたるのか。そうした形のある儀式を経たとしても愛情などいつ冷めるやもしれないが。

櫻内はふとここで我に返り、馬鹿げたことを考えている自分自身をまた心の中で自嘲した。

「にしてもあんたの肝の据わりようには相変わらず驚かされるわ。自分の運転手の裏切りがわかっていながら放置とは」

高沢をネタに揶揄《からか》うことに飽きたのか、はたまた今回の面談の主たる目的はこちらだったのか、八木沼が話題を変えてきたのに、櫻内は相変わらず笑顔で答えた。

「車中では常にボディガードが同乗していますしね。俺の命を奪うために事故を起こそうとするなら、自分の命も危険に晒《さら》さざるを得なくなる。奴《やつ》にそんな度胸はないと踏んだんですよ」

「確かに。どこぞのイカれた御仁くらいやろ。相手の命奪うんに自爆も厭《いと》わん、いうんは」

八木沼が探るような眼差《まなざ》しをしていることに、櫻内は気づかぬふりを貫いた。

「あれは心中狙いでしたからね。運転手はそこまで私に思い入れはない。そう、恋してはいないんですよ」

「恋されても困るやろ。好みでもない男に」

「確かに。それはありますね」

冗談として笑い飛ばす方向へと話を振ったのは、八木沼の気遣いだとわかるだけに、ありがたく乗らせてもらう。彼がここで『イカれた御仁』すなわち西村《にしむら》の話題を出した理由には心当たりがあった。

要は自分が未《いま》だ気にしているか否かを確かめたかったのだろう。平然と話題を続けてみせたのは『気にしていない』というアピールだったのだが、どうやらやせ我慢だと思われたらしい、と、今日三度目の自嘲を心の中で浮かべる。

「その神部《かんべ》も警察の手に落ちとるとは。あんたのところもなかなか落ち着かんな」

「ええ。それだけに癒しの時間は大事です」

「それで『溺愛』に繋がるんか。そしたらまた癒しのアイテムをプレゼントさせてもらうわ」

「今度は俺から渡しますよ」

「いや、サプライズのほうが楽しいやろ」

「ああ、それはありますね」

「やろ？」

馬鹿話としかいいようのない話が続いていく。この時間もまた自分にとっては癒しになっているのと伝えたら照れていつもの高笑いをするに違いない。そう思いながら櫻内は八木沼が醸し出してくれる『癒し』に暫《しば》し身を委ねるべく会話を続けたのだった。


組事務所から八木沼を送り出したあと、帰宅した櫻内はすぐに高沢を部屋に呼んだ。

「八木沼の兄貴がよろしくと言っていたぞ」

「八木沼組長が……」

それを聞き、高沢が一瞬息を呑《の》んだあとに頬に血を上らせる。例の『プレゼント』を思い出したのだろうとわかるだけに、櫻内の頬にも笑みが浮かんだ。

「俺の溺愛の噂《うわさ》が兄貴の耳にも届いていたよ」

「溺愛？」

高沢が不思議そうな顔になる。自分がその対象であるという自覚がこうもないとは、と櫻内は苦笑しつつ彼に手を差し伸べた。

「ああ。お前に溺れているそうだよ、俺は」

「それはないだろう」

ぎょっとした顔になっている高沢の表情は演技でもなんでもなく、本気でわかっていないようである。なぜそうも伝わらないのかと空《むな》しさを覚えそうになり、今更かと肩を竦《すく》めた。

「あるんだな、これが」

「え？」

意外な返しだったのか、高沢が目を見開いている。頭で理解できないというのなら身体《からだ》でわからせるのみと、櫻内は手を伸ばし、高沢の腕を摑《つか》んだ。

そのままベッドに押し倒し、のし掛かっていく。

「ん……っ」

キスで唇を塞ぎながら、服を脱がせる。自然と背を浮かせ、脱衣を助ける仕草はおそらく無自覚でしているのだろうとわかるだけに、そこまで身体が行為に馴染《なじ》んでいることに微笑ましさを覚える。

なのになぜ、心は馴染まないのだろう。自分に身体を開いているのは決して無理強いからではなく、本人も望んでのことだと、そこは疑っていない。

自覚がないのは本人の資質のせいだ。他人の心の機微どころか、自分の感情については他人以上に鈍感である。

少し前まで、彼の興味は唯一射撃に限られていた。銃さえ撃てれば他は何もいらない。銃が撃てるから刑事からヤクザのボディガードに身を落とすことも受け入れた。

身体はすぐに慣れた。が、心はどこにあるのか見極めることができなかった。それこそ、愚かな『恋』に囚《とら》われ、疑心暗鬼となっていたが、今はすべて吹っ切れている。

それもこれも彼が『姐《あね》さん』の自覚を持ってくれたからこそだ。それが彼なりの意思の表れだと理解できたときにはもう、焦りはなくなった。

正直なところ、『なくなった』わけではないが、割り切れるようにはなった。あの、銃以外に何も興味がなかった彼が、組を守り立てようとしている。それだけで物凄《ものすご》い進歩だ。その根底には自分への愛がある——はずだ。

しかし今一つ気持ちが伝わっている気がしない。それならもうひたすら愛して愛して愛し抜く。まさに文字どおりの『溺愛』。溺れるほどに愛してやろう。

全裸に剝《む》いた高沢の、あまり日に当たることがなくなったために色白といっていい状態となった肌に掌《てのひら》を這《は》わせていく。

毎夜、指で、そして唇で愛撫《あいぶ》し続けてきた乳首は紅色から色が褪《さ》めることがなく、早くもツンと勃《た》ち上がっては櫻内の欲情をいつものように煽《あお》り立ててくれている。

「あ……っ……んん……っ」

少しの愛撫で早くも堪《こら》えきれぬように喘《あえ》ぎ、身悶《みもだ》える。本当に可愛《かわい》いじゃないかと自然と笑ってしまいながら櫻内は高沢の乳首に軽く歯を立てた。

「あぁ……っ」

途端に背が仰《の》け反り、唇から漏れる声が高くなる。被虐の気があるというわけではないだろうが、乳首への愛撫は痛みを覚えるすれすれのところにより興奮するようだとわかっているので、最も感じるところを狙い、執拗《しつよう》なほどの愛撫を与える。

「やぁ……っ……ん……っ……や……っ……あっ……あぁ……っ……あぁぁ……っ」

そのいちいちに反応を見せ、快感に悶える高沢の姿を目の当《ま》たりにすることこそ、最大級の幸福だ、と櫻内は心から満足しながら、より快感を与えてやろうと高沢の両脚を抱え上げて身体を二つ折り状態にし、恥部を露《あら》わにした。

両手でそこを押し広げ、顔を埋《うず》める。硬くした舌先で中を抉《えぐ》ると、高沢の背はまた仰け反り、白い喉が露わになった。

「や……っ……もう……っ……あぁ……っ……もう……っ」

舌で指で丹念に解《ほぐ》し、挿入に備える。既に我慢も限界のようで、高沢の首はいやいやをするように激しく横に振られていた。

「欲しいか？」

問いかけるまでもなく、その状態であることは見ればわかる。それでも問うのは、既に意識が朦朧《もうろう》としている高沢が実に素直に、頷《うなず》いてみせるからだった。

コクコクと、純真な子供のように欲望をはっきりと主張する。それがまた『くる』、と櫻内は満足げに頷くと、希望を叶《かな》えてやろうと身体を起こし、再び高沢の両脚を抱え上げた。

既に勃ちきり、透明な液を滴らせている己の雄の先端を高沢のそこへと宛てがい、一気に腰を進めた。

「あぁっ……」

奥底まで勢いよく貫かれることとなった高沢の口から高い声が漏れ、その背はまたも大きく仰け反る。そんな彼の両脚を愛《いと》しげに抱え直すと櫻内は激しく彼を突き上げていった。

「あっ……あぁ……っ……あっあっあっ」

高く喘ぎながらまた高沢がいやいやをするように首を激しく横に振る。過ぎるほどの快感を得たときの仕草だとわかるだけに、更なる高みへと連れていってやると、突き上げのスピードと勢いを一層上げる。

「もう……っ……あぁ……っ……もうっ……もう……っ……もう……っ」

限界であることを伝えてくるが、まだ余裕はありそうである。しかし眉間に刻まれた縦皺《たてじわ》を見ては無理もさせられない。仕方がないと櫻内は溜め息を漏らすと、抱えていた高沢の片脚を離したその手で勃ちきり熱く震えていた高沢の雄を摑み、一気に扱《しご》き上げてやった。

「アーッ」

一段と高い声を上げて高沢は達し、白濁した液を櫻内の手の中に放った。

「……っ」

射精を受けて後ろが締まり、その感覚に櫻内も彼の中に精を吐き出す。二人して快感を極める。それがいかに満ち足りた気持ちを呼び起こすか。いつか口頭でも伝えたいものだと思いながら櫻内は、息も絶え絶えとなっている高沢の、汗で額に張り付く髪を梳《す》き上げ、露わにした額に唇を押し当てた。

愛しくて愛しくてたまらない。溺れるほどに。これぞまさに『溺愛』。もっともっと可愛がってやる。愛してやる。

呼吸が整ってきたのを見越し、唇を塞ぐ。安堵《あんど》したように微笑むこの顔。俺以外の誰にも見せるものかと心の中で呟《つぶや》くと櫻内は、溢《あふ》れる愛情を再びぶつけるべく、溺れずにはいられないくらいに愛しく思う人の首筋へと顔を埋めていったのだった。

寵姫のたくらみ
〜コミックバージョン〜
原案：愁堂れな
作画：角田緑
峰くん またあんたに頼まれてもらいたいことが出来てな
は 何でしょう
待て待て 前回より雰囲気ヤバくないか？
どこのボスなファーザーだ
高沢くん
白衣とメガネがめっちゃよかったそうやないか
!!
なんで知ってるんだ？ 恐るべし岡村組の情報網
いや えらいじまんされてな
峰くん
ワシは間違えとった 今まで奇を衒《てら》い過ぎとった
やっぱりコスプレは
日常に即した王道を狙わなあかんかったんや
は

だからってなんでこんな大量の紺スーツなんだよ!!
髪型と小道具の細かい指定でなんのコスかわからせるんだと
先ずはコレから着てみてくれ 姐さん
わかった
コクッ
で なんのコスプレなんだ これ
あーこの組み合わせはだな
えーと
八木沼指示メモ→
秘書だ
えっ!
胸ポケットにいつでも社長に渡せるための万年筆だな
当たってる!
ほっ
奇抜じゃない
教師
袖口にチョークの粉がついている
金融
バンカーズストライプ
広告代理店
ノータイジャケパン
商社
トラベラー素材 シワになりにくい
すげえ全部当たってる
恐るべし…

次は…と
!?
だぼっ
ほう
コレは
裕之と初めて
ご対面した時と
同じ型のスーツ《もの》だ
たくらみは美しき獣の腕で～
なんか
なじむ
なじむな
吊るし売りだぞ
それは
さすが兄貴
わかってらっしゃる
もっさり
この全てを
掌握《わかってる》してるとこ
マジ怖え…
さすがだ
組長ぉぉ
うおーーっ
END

あとがき

はじめまして&こんにちは。愁堂れなです。

この度は九十五冊目のルチル文庫、たくらみシリーズ第四部第二弾となりました『寵妃のたくらみ』をお手に取ってくださり、誠にありがとうございました。

たくらみシリーズも早十三冊目を迎えることができました。これもいつも応援してくださる皆様のおかげです。本当にありがとうございます！

今回、意外な展開となったかと思うのですが、いかがでしたでしょうか？　櫻内の心情の変化と高沢の外見の？　変化共々、皆様に少しでも楽しんでいただけていましたら、これほど嬉しいことはありません。

角田緑先生、今回も本当に素晴らしいイラストをありがとうございました！　おまけ漫画も最高に楽しく仕上げてくださり、毎度感動しています。

色気だだ漏れの組長に、ますます可愛さが増した高沢に、そして密かな（いや、露わな、か）お気に入りのダンディ八木沼に、今回も本当に萌えさせていただきました。とても幸せです！

これからもどうぞよろしくお願い申し上げます。

また、今回も大変お世話になりました担当様をはじめ、本書発行に携わってくださいましたすべての皆様に心より御礼申し上げます。

そして何より、本作をお手に取ってくださいました皆様に御礼申し上げます。皆様からのお言葉一つ一つに本当にパワーをいただくことが多いのですが、皆様からのお言葉一つ一つに本当にパワーをいただいています。どうもありがとうございます！

これからも皆様に楽しんでいただける作品を目指し精進して参ります。引き続き応援してくださると嬉しいです。どうぞよろしくお願い申し上げます。

最近のマイブームは組長の溺愛っぷりを書くことなのですが、次作ではもっと溺愛させる予定ですので、どうぞお楽しみに。

ルチル文庫様からは次に書き下ろしの新作（才と愛が出てきます）を発行していただける予定です。こちらもよろしかったらどうぞお手に取ってみてくださいね。

また皆様にお目にかかれますことを、切にお祈りしています。

令和三年九月吉日

愁堂れな

（公式サイト『シャインズ』http://www.r-shuhdoh.com/）

✦初出　寵姫のたくらみ……………書き下ろし
　　　　溺愛組長……………………書き下ろし

愁堂れな先生、角田緑先生へのお便り、本作品に関するご意見、ご感想などは
〒151-0051 東京都渋谷区千駄ヶ谷 4-9-7
幻冬舎コミックス　ルチル文庫「寵姫のたくらみ」係まで。

幻冬舎ルチル文庫
寵姫のたくらみ

2021年10月20日　第1刷発行

✦著者	愁堂れな　しゅうどう れな
✦発行人	石原正康
✦発行元	株式会社 幻冬舎コミックス 〒151-0051 東京都渋谷区千駄ヶ谷 4-9-7 電話 03(5411)6431[編集]
✦発売元	株式会社 幻冬舎 〒151-0051 東京都渋谷区千駄ヶ谷 4-9-7 電話 03(5411)6222[営業] 振替 00120-8-767643
✦印刷・製本所	中央精版印刷株式会社

✦検印廃止

ISBN978-4-344-84940-2　C0193　Printed in Japan

「幻冬舎ルチル文庫」
大好評発売中
「覇者のたくらみ」
愁堂れな
イラスト 角田緑
元刑事で現在は関東一の勢力を持つ菱沼組組長・櫻内玲二の愛人兼ボディガードの高沢裕之は、櫻内への感情を自覚しつつあった。櫻内から求められる『姐さん』の役割を果たせるのか――悩む高沢は櫻内とともに八木沼組を訪ね、〝姐さん〟志津乃からアドバイスを受ける。帰京した櫻内は、早乙女、峰を『チーム高沢』として高沢付きにすると告げ!?
本体価格600円＋税
発行● 幻冬舎コミックス　発売● 幻冬舎